Passeport

ADULTES BIEN-ÊTRE

Stéphanie Brouard

hachette

MODE D'EMPLOI

19 thématiques pour améliorer votre bien-être

Chaque double page vous prodigue, avec humour, de nombreux conseils pour améliorer votre hygiène de vie et votre bien-être psychologique.

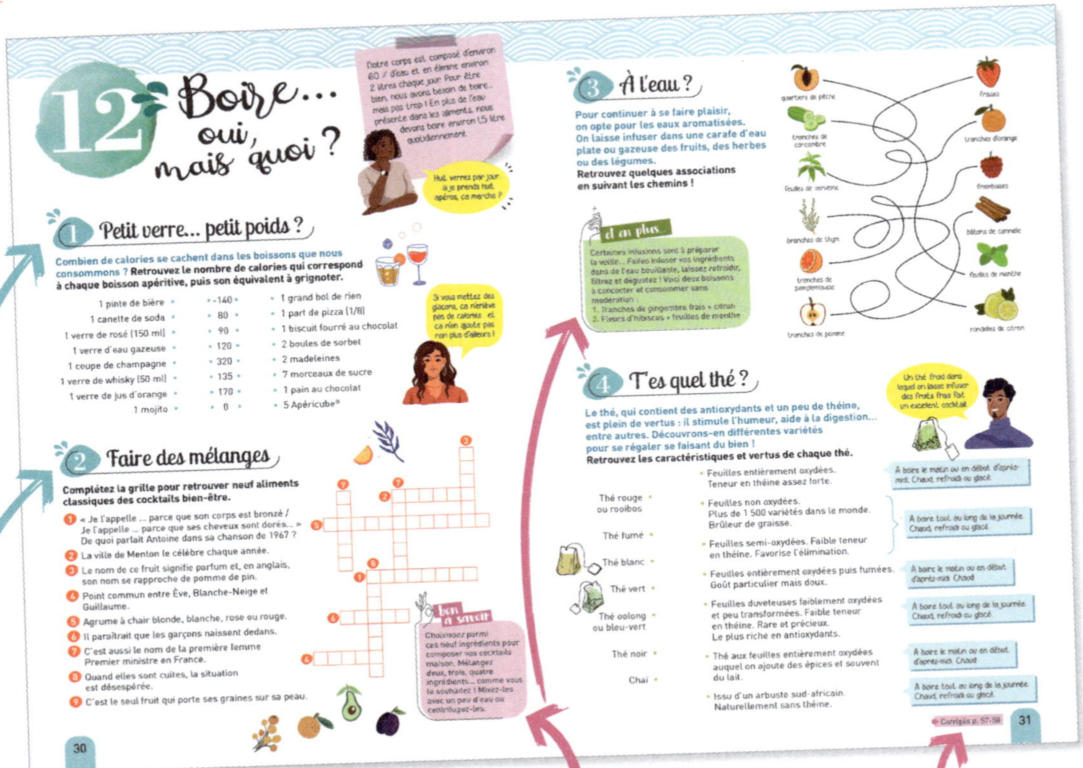

Des exercices ludiques pour apprendre à vous faire du bien, tout en vous amusant.

Des informations complémentaires, des astuces et des idées « en plus ».

Tous les corrigés des exercices en fin d'ouvrage, avec des conseils et des informations supplémentaires.

À vous de jouer !

Et aussi, 4 doubles pages UN MOMENT DE DÉTENTE pour tester votre personnalité ou vous relaxer !

Couverture Primo&Primo
Intérieur **Maquette et mise en pages :** Anne-Danielle Naname, Adeline Calame
Édition : Sophie Zeegers
Illustrations : Shutterstock – **Gravures et photographies :** p. 5, 35, 59 © Photothèque Hachette sauf p. 35, 59, Madame de Sévigné © Leemage.
Relecture : ZS studio

www.parascolaire.hachette-education.com

ISBN : 978-2-01-714854-8

58, rue Jean-Bleuzen, 92170 Vanves

Achevé d'imprimer en mars 2024 en France par STF Imprimeries
Dépôt légal : mai 2022 – Edition 03

SOMMAIRE

1 Connais-toi toi-même

Pour commencer ce cahier, faites un petit point sur vous-même… Voici quelques questions pour cerner un peu mieux qui vous êtes, ce que vous aimez et ce à quoi vous aspirez.

1 **Qu'est-ce que j'aimais quand j'étais enfant ?**

2 **Aujourd'hui, quelles situations me font revivre ces émotions ?**

3 **Actuellement, qu'est-ce que j'aime dans ma vie ?**

4 **Et qu'est-ce que je n'aime pas ?**

5 **Pourquoi ?**

6 **Comment améliorer ou supprimer ce qui ne me plaît pas dans ma vie ?**

7 Quelle serait la vie de mes rêves ?

....

....

....

....

8 Que ferais-je concrètement dans cette vie rêvée ?

....

....

....

....

9 Quelles sont les choses que je fais déjà actuellement ?

....

....

....

....

10 Quelles sont les choses que je pourrais faire dès cette semaine ?

....

....

....

....

11 Que pourrais-je faire qui m'apporterait plus de joie dans ma vie maintenant ?

....

....

....

....

12 Quelles sont les excuses que je me donne pour ne pas aller de l'avant ?

....

....

....

....

13 Qu'est-ce que je risque à me lancer ? De quoi ai-je peur ?

....

....

....

....

14 Qu'est-ce qui me donne de l'énergie et de la joie dans ce que je fais aujourd'hui ?

....

....

....

....

15 Quelles expériences je veux vivre dans ma vie ?

....

....

....

....

« *Vivez, si m'en croyez, n'attendez à demain…* »

Pierre de Ronsard

Corrigés p. 50

2 Dans tous les sens

Nos yeux, notre peau, nos oreilles, notre nez et notre langue nous permettent de percevoir le monde extérieur. À ces organes sont associés cinq sens : la vue, le toucher, l'ouïe, l'odorat et le goût. Chaque sens est plus ou moins développé chez chacun de nous.

1 Où est votre bon sens ?

Découvrez quel est votre sens le plus développé en répondant aux questions de ce test.

1. Parmi les images suivantes, laquelle vous attire le plus ?

- ▲ Un nez humant des fleurs
- ✻ Une main qui touche du sable
- ★ Un gâteau appétissant
- ⬢ Un beau paysage de montagne
- ✚ Une personne écoutant de la musique

2. Quand ça ne va pas, qu'est-ce qui vous fait du bien ?

- ⬢ Un bon film
- ✚ Une session de danse sur vos musiques préférées
- ✻ La sensation de l'eau sur votre corps quand vous nagez
- ★ La dégustation de votre plat favori
- ▲ Une balade dans la nature

3. À quoi ressemblent vos meilleurs souvenirs d'enfance ?

- ✻ À la sensation de votre doudou sur votre joue
- ▲ À l'odeur de vos bonbons favoris
- ⬢ À un paysage par la fenêtre
- ★ Aux petits plats de votre mère
- ✚ Aux rires et aux cris des copains dans la cour de récré

4. Si l'on vous dit : « week-end à La Rochelle », vous répondez :

- ⬢ « Cet endroit est magnifique ! »
- ★ « À nous les fruits de mer et les poissons ! »
- ▲ « Vive la bonne odeur iodée de la mer… »
- ✻ « On va marcher pieds nus dans le sable ! »
- ✚ « Nous irons faire un tour au festival de musique. »

5. Vous vous offrez une nouvelle activité de loisir. Laquelle ?

- ✚ Un abonnement à une salle de concert
- ★ Une dégustation de vin ou de chocolat
- ⬢ Une carte de cinéma
- ✻ Un cours de poterie
- ▲ Un cours d'art végétal

6. Vous achetez un livre… À quoi ressemble-t-il ?

- ✻ Sa couverture présente des textures spécifiques
- ✚ C'est un livre audio
- ▲ C'est un livre ancien : ses pages sont imprégnées de l'odeur de son histoire
- ★ Il provient du rayon cuisine
- ⬢ C'est un livre de photographies

7. À quoi êtes-vous le plus sensible chez l'être aimé ?

- ⬢ À ses yeux, son regard
- ★ Au goût de sa peau
- ▲ À son odeur
- ✚ À sa voix
- ✻ À la sensation de votre main dans ses cheveux

8. Quel est votre arbre favori ?

- ✚ Le saule pleureur, pour le bruit du vent dans ses branches
- ✻ Le chêne et son écorce rugueuse
- ★ Le cerisier et ses cerises mûres à point
- ▲ Le citronnier en fleurs
- ⬢ Le séquoia, beau et majestueux

9. On fait quoi ce soir ?

- ⬢ Un ciné
- ▲ Un bar à vins
- ✻ Un câlin
- ✚ Un concert
- ★ Une dégustation

2 À sens unique

Et si vous essayiez de vous exercer sur le sens qui a obtenu le plus petit score au test précédent ?
Remettez les mots à leur place pour compléter les consignes.

textures · détails · yeux · noir · sons · irrégularités · mains · blind tests · aveugle · lumière · endroit

LA VUE
Observez un .... ou un objet que vous connaissez bien. Concentrez-vous dessus, faites varier la ...., changez d'angle et cherchez à repérer tous ses ....

LE TOUCHER
Choisissez des objets de différentes ...., fermez les yeux et passez vos .... dessus pour ressentir les petites .... Et pourquoi ne pas tester un restaurant dans le .... ?

L'OUÏE
Installez-vous confortablement, fermez les .... et écoutez. Essayez de percevoir tous les petits ...., de les différencier.

LE GOÛT ET L'ODORAT
À l'aide de complices, réalisez des .... pour déguster ou sentir à l'.....................

3 Sens... dessus dessous

Treize mots liés à la vue, au toucher, à l'ouïe, à l'odorat et au goût se cachent dans cette grille.
Saurez-vous les retrouver ?

I	T	A	S	O	M	D	R	O
R	Y	N	A	R	I	N	E	V
I	M	A	G	E	R	I	T	Y
S	P	U	P	I	L	L	E	U
W	A	X	C	L	A	V	P	B
N	N	E	Z	L	N	J	I	K
Y	T	R	E	E	G	A	D	L
I	P	P	S	M	U	L	E	M
G	E	J	O	D	E	U	R	K
F	A	S	N	Q	X	C	M	B
A	U	G	B	N	V	C	E	X

bon à savoir
L'odorat est un sens particulièrement lié à la mémoire de nos émotions. Les odeurs ont de ce fait un fort pouvoir évocateur.

4 Sens de l'hospitalité

Ajoutez quelques touches à votre intérieur pour stimuler vos sens et ceux de vos visiteurs...
Allez à la pêche aux idées en reliant chaque suggestion au sens qu'elle stimule.

Corrigés p. 50

3 Inspirez, expirez !

Respirer est un réflexe vital : nous respirons de manière automatique, sans y penser. En inspirant de l'air puis en l'expirant, nous approvisionnons notre corps en oxygène et nous libérons du dioxyde de carbone. Et si respirer est naturel, bien respirer est primordial pour notre bien-être.

1 De l'air !

Respirer ? On sait faire... Oui, mais bien respirer, c'est quoi ? Reliez les cinq types de respiration à leur description, et retrouvez cinq exercices à pratiquer régulièrement, dehors ou dans un endroit bien aéré.

Respiration complète •	• Tenez-vous bien droit, épaules en arrière. Inspirez en levant lentement les bras à l'horizontale. Marquez une courte pause. Expirez en baissant les bras.
Respiration abdominale •	• À votre rythme, inspirez pendant 3 pas ou plus, puis expirez pendant le même nombre de pas.
Respiration marchée •	• Inspirez en gonflant le ventre puis le thorax, laissez vos épaules se soulever légèrement jusqu'à ce que vos poumons soient complètement remplis. Marquez une pause, expirez en baissant vos épaules, en dégonflant votre thorax puis votre ventre.
Respiration avec les bras •	• Bouchez votre narine droite et inspirez par la narine gauche, puis bouchez votre narine gauche et expirez par la narine droite. Alternez.
Respiration alternée •	• Inspirez en gonflant le ventre. Expirez en creusant le ventre.

2 Concentré de respiration

Pour vous apaiser et vous concentrer, optez pour ce petit exercice tout simple ! Reliez les points, puis suivez la consigne.

3 Souffler un peu

Besoin de retrouver calme et concentration ?
Décryptez le code ci-dessous, puis suivez les consignes !

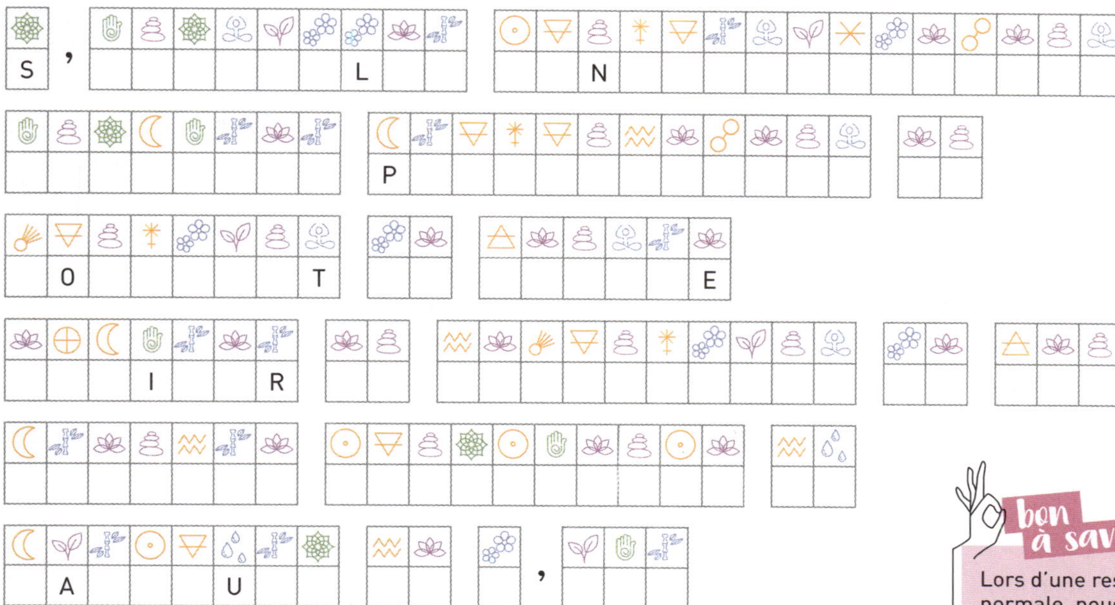

bon à savoir

Lors d'une respiration normale, nous inspirons et expirons 0,5 litre d'air environ. Ce volume peut aller jusqu'à 2 litres lors d'inspirations profondes... Par jour, cela fait 12 000 litres inspirés et expirés.

4 Laissez-moi respirer !

Une technique miracle permet de réduire son stress et son anxiété en peu de temps. Ça vous dit ? Pour la découvrir, résolvez ce sudoku, puis reportez les 4 chiffres des cases colorées pour compléter la consigne.

	1		2	3				
4		9	7				5	6
	2	5		(orange)	4			
		4			(bleu)			7
2		3	1		7	9		8
7	(vert)					6		
			3			1	8	
1	7		(jaune)		6	4		3
				4	1		6	

Cohérence cardiaque

Inspirez par le nez pendant .... secondes.

Expirez par la bouche pendant .... secondes.

Faites cela .... fois de suite et au moins .... fois par jour.

Corrigés p. 51-52

4 Manger, c'est sacré

Pour bien manger, il faut « cinq fruits et légumes par jour », « manger, bouger » ; il ne faut pas « sauter de repas » ni « grignoter »... Oui, on sait ! Mais on a parfois envie de se faire plaisir sans culpabiliser avec un plat gras, salé ou sucré... voire les trois en même temps !

1 Info ou intox ?

Nous avons parfois des idées reçues sur certains aliments...
Saurez-vous distinguer le vrai du faux parmi ces affirmations ?

	vrai	faux
1 Le pain, les pâtes et les féculents font grossir.	☐	☐
2 Les avocats sont des bombes de gras, à éviter.	☐	☐
3 L'ananas fait fondre la graisse.	☐	☐
4 Les épinards sont pleins de fer.	☐	☐
5 Il est bénéfique de manger des produits allégés.	☐	☐
6 Faire un écart, c'est mettre en l'air son régime, alors autant ne pas faire attention du tout.	☐	☐

attention !

En nourrissant notre corps correctement, nous lui permettons de faire fonctionner notre cœur, nos muscles, notre cerveau, de produire des défenses immunitaires... Bien manger est primordial !

2 Rester en équilibre

Un peu, beaucoup, passionnément... Si vous pouvez manger certains aliments sans restriction, il vaut mieux se limiter pour d'autres. Oui, mais lesquels ?
Reliez chaque aliment au bon étage pour trouver le bon équilibre.

- Fruits frais
- Yaourt
- Beurre
- Légumes verts
- Eau
- Viennoiseries
- Riz
- Steak
- Pain
- Soda
- Fromage
- Lait
- Pommes de terre
- Frites
- Lentilles
- Poulet
- Gâteau
- Poisson
- Crevettes

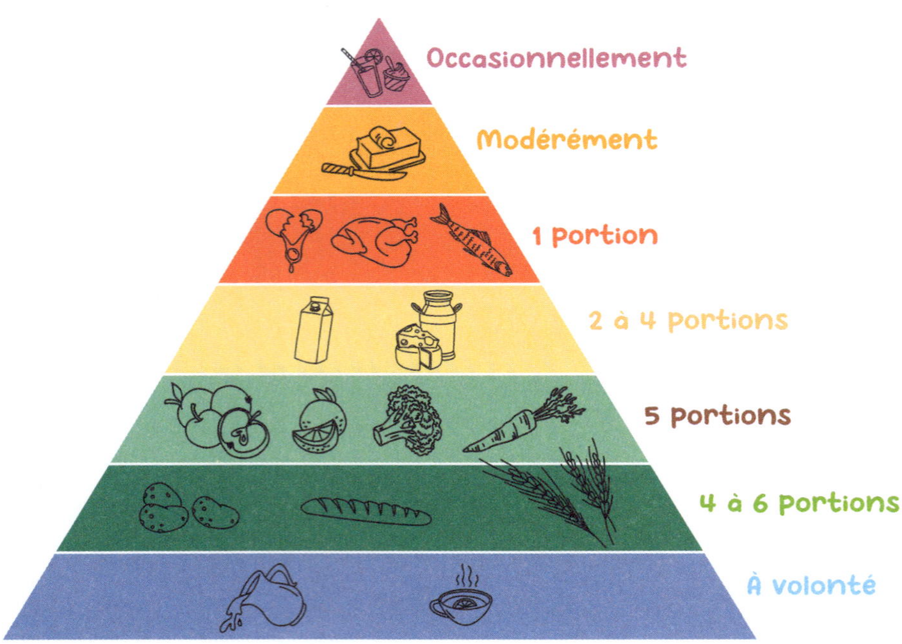

3 Associations de malfaiteurs

Pour une bonne alimentation, « manger de tout » est le maître mot. On peut ajouter à cette règle « en quantités adaptées » et « en respectant les équilibres de la pyramide ». À vous de jouer pour remplacer un des mets des associations ci-dessous par un autre pour rééquilibrer la balance.

1 cocktail + chips & cacahuètes | .... + ...

.... + ... | 1 crêpe au caramel + 1 boule de glace vanille

hamburger & frites + soda | .... + ...

pizza + tiramisu | .... + ...

.... + ... | raclette + vin blanc

.... + ... | 1 pain au chocolat + 1 brique de jus de pomme

4 Les goûts et les couleurs...

Il est important de se faire plaisir en mangeant... et nous avons tous nos goûts bien spécifiques ! Saurez-vous aider Adrien à organiser un dîner qui plaise à chacun de ses convives ? Remplissez le tableau avec les informations ci-dessous afin de trouver le plat et la boisson préférés de chacun. Il ne peut y avoir deux aliments ou boissons préférés identiques.

- Béatrice et Éloïse n'aiment ni les biscuits ni le thé.
- Adrien et l'invité qui aime le thé ne mangent pas de pain, mais l'un d'eux aime les biscuits.
- Damien est allergique aux noix.
- Le convive qui aime le fromage ne boit ni alcool ni thé.
- Cécile adore le fromage.
- Adrien prépare sa boisson favorite avec sa centrifugeuse.
- Le convive qui apprécie les légumes – et qui n'est ni Damien ni Éloïse – aime accompagner ce qu'il mange de vin rouge.

	Aliments préférés					Boissons préférées				
	fromage	légumes	noix	pain	biscuits	soda	vin rouge	vin blanc	jus de fruits	thé
Adrien										
Béatrice										
Cécile										
Damien										
Éloïse										

Corrigés p. 52-53

5 Dormir sur ses deux oreilles

Le sommeil joue un rôle-clé dans notre bien-être au cours de la journée. Un adulte a en moyenne besoin de 7 à 8 heures de sommeil par nuit pour être en forme. Selon les personnes, ce temps peut varier plus ou moins.

À l'âge de 75 ans, nous avons passé 25 années de notre vie à dormir...

bon à savoir

Dormir 7 à 8 heures par nuit, ça représente quoi ?

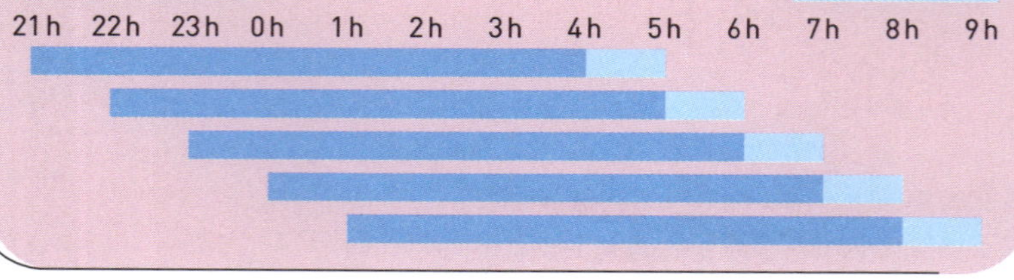

1 Rester en phase

On s'endort le soir pour se réveiller le matin... mais entre les deux, que se passe-t-il ? Remettez les phases des cycles du sommeil dans leur ordre d'apparition, puis associez les morceaux de phrase correctement pour trouver la description de chaque phase.

Ces trois phases forment un cycle, qui se répète de 4 à 6 fois par nuit.

Phases	Le corps	Le cerveau	La personne
Sommeil lent profond	Le corps se détend...	... c'est la phase des rêves, le cerveau est hyperactif...	... selon ses rêves, la personne endormie peut être difficile à réveiller.
Sommeil paradoxal	Le corps est complètement relâché et ne bouge pas...	... le cerveau recharge l'énergie, fait le tri des choses à mémoriser...	... la personne endormie est difficile à réveiller.
Sommeil lent léger	Le corps ne bouge pas, le pouls, la respiration, la tension artérielle, le tonus musculaire ont diminué, l'organisme récupère...	... l'activité du cerveau ralentit peu à peu, la respiration se calme...	... le moindre bruit provoque un réveil.

et en plus...

Les gros dormeurs ont des phases de sommeil lent léger et de sommeil paradoxal plus longues que les autres... Les phases de sommeil lent profond, elles, sont de même durée que chez les petits dormeurs !

2 À poings fermés

Pour s'endormir et bien dormir, certaines pratiques sont à privilégier... Saurez-vous retrouver ce qui va vous aider à trouver facilement le sommeil ?

	à faire	à éviter
1 Faire une partie de jeu vidéo	☐	☐
2 Regarder la télévision	☐	☐
3 Se caler sur la lumière du jour	☐	☐
4 Manger léger	☐	☐
5 Chauffer sa chambre entre 17 °C et 19 °C	☐	☐
6 Sauter le dîner	☐	☐
7 Se coucher avant 22 heures	☐	☐
8 Lire un livre	☐	☐
9 Checker les réseaux sociaux	☐	☐
10 Faire un repas copieux	☐	☐

3 Vos paupières sont lourdes...

Lorsque l'on est un peu agité, tendu ou stressé, il peut être difficile de se détendre pour accéder au sommeil. Le bodyscan constitue alors une solution efficace ! Remettez les lettres dans l'ordre pour en retrouver la consigne (les premières et dernières lettres de chaque mot sont restées à la bonne place)...

Cuchoez-vous à palt sur le dos, les bars le lnog du coprs.
Feemrz les yuex. Cretncnoez-vuos sur vrote rtpeisoiarn.
Inrespiz par le nez. Eexrpiz par la bcuohe. Letennemt.
Pius, cecenontrz-vuos sur les difrtfeéens prtaies de vtroe coprs, l'une arpès l'ature, comme le fareit un sncenar.
Piett oretil dorit, puis le suianvt, un à un jsuqu'au gors otreil dirot. La ptanle du pied dirot, le tlaon, la chvilele, le mlelot, le gnoeu, le bas de la csuise, le huat de la csisue.
Pius le pteit oreitl gchaue, etc.
Péercdoz asini puor tuotes les pretais de vtore cpors.
Ccornetenz-vuos à nauveou sur vrtoe rteiaorispn, áeperipcz la deétnte de vtroe coprs, la sseoantin de son podis...
à mnios que vuos ne soeyz djéà erdomni !

4 Le monde appartient à ceux qui se lèvent tôt

On dit que se lever tôt est le secret du succès. En réalité, c'est ce que l'on choisit de faire pendant ce temps qui importe vraiment. Retrouvez les anagrammes des mots manquants pour découvrir quelques bonnes raisons de démarrer tôt ses journées.

1. Avoir un vrai .... pour soi.
2. Pratiquer une ....
3. Préparer un petit déjeuner ....
4. Préparer et .... sa journée.
5. Commencer avant les autres donne ....
6. Mettre en place des ....

- commente mal
- atypique vichiste
- anis
- reagirons
- concocter affinee
- sourient

Corrigés p. 53-54

UN MOMENT DE DÉTENTE

Le test de motivation

Comment préserver ou retrouver de l'énergie selon votre profil de personnalité ?

1 Vous êtes dans un cocktail avec de nombreuses personnes, dont vous ne connaissez qu'une partie :

- ⬢ Vous restez en retrait et veillez à respecter les codes et les normes sociales.
- ✻ Vous êtes plutôt timide, calme et attentif(ve) aux autres.
- ★ Vous êtes entreprenant(e) et cherchez à faire autant de rencontres que possible.
- ▲ Très sûr(e) de vous, vous êtes actif(ve) et présent(e).

2 Vous apprenez en arrivant à un rendez-vous médical que votre médecin a du retard :

- ▲ Cela vous énerve, vous avez horreur de perdre votre temps.
- ★ Vous en profitez pour discuter avec les autres patients ou passer des appels téléphoniques.
- ✻ Vous restez calme et détendu(e), mais vous vous inquiétez légèrement de la cause de ce retard... « Rien de trop grave j'espère ! »
- ⬢ Vous ne trouvez pas cela normal, les créneaux de rendez-vous sont faits pour être tenus.

3 Vous devez cuisiner un plat pour le dîner :

- ⬢ Vous suivez la recette à la lettre.
- ★ Vous lisez la recette, puis la réalisez ensuite selon votre inspiration.
- ▲ Vous prenez tout en charge seul(e) pour aller plus vite.
- ✻ Vous vous appliquez le plus possible pour faire plaisir avec votre plat.

4 Vous organisez une fête chez vous, avec beaucoup d'invités :

- ⬢ Vous avez tout préparé dans les moindres détails et anticipé des imprévus.
- ★ Vous verrez bien et improviserez sur le moment.
- ▲ Vous êtes sûr(e) que tout va bien se passer.
- ✻ Vous faites en sorte que tout le monde se sente bien.

5 Lorsque vous allez faire les courses :

- ▲ Vous faites au plus vite.
- ⬢ Vous préparez une liste précise et détaillée.
- ✻ Vous allez toujours chez les mêmes commerçants car vous avez confiance en eux.
- ★ Vous passez toujours un temps fou à papoter avec tout le monde.

6 Selon vous, quelle est votre plus grande force ?

- ★ Votre charme
- ⬢ Votre intellect
- ▲ Votre volonté
- ✻ Votre empathie

7 Vous pouvez choisir le logement de votre choix, que préférez-vous ?

- ▲ Un endroit central avec accès immédiat et rapide aux gares, aéroports, autoroutes…
- ✻ Un lieu calme, au milieu de la nature.
- ★ Un logement au-dessus d'une place avec des bars et des terrasses.
- ⬢ Quelque chose de pratique, moderne et aux normes, construit avec des matériaux de qualité et à l'aménagement bien pensé.

8 Comment décririez-vous votre bureau ?

- ✻ Cosy
- ★ Créatif et ludique
- ⬢ Bien rangé, organisé
- ▲ Minimaliste, alliant l'utile à l'efficace

9 Vos proches font généralement appel à vous pour :

- ▲ Se remotiver
- ✻ Se confier
- ★ Se changer les idées
- ⬢ Se faire conseiller

10 Comment décririez-vous la nature ?

- ★ Magnifique
- ✻ Généreuse
- ⬢ Dangereuse
- ▲ Surprenante

Corrigés p. 54

6 Séquence émotion

Les émotions sont des indicateurs de ce qui se passe en nous. Elles nous envoient des messages… qu'il est important d'écouter. Réprimées, celles-ci s'accumulent et peuvent créer stress ou mal-être. Nous devons essayer d'en prendre conscience, de les identifier, puis choisir de les exprimer ou non.

Nous avons tout à fait le droit d'avoir des émotions, quelles qu'elles soient !

1 C'est la base

Nous avons cinq émotions de base, que nous développons au cours de notre première année de vie. Retrouvez-les en sélectionnant la bonne lettre parmi les deux proposées à chaque fois.

T/P E/I U/N R/T → ……………………

J/C O/U D/L È/A N/R E/T → ……………………

F/J O/A N/I E/R → ……………………

D/T R/É I/N S/R T/A U/E S/N E/S E/N → ……………………

J/D É/A N/G I/O N/Û R/T → ……………………

Selon les classifications, on range parfois la surprise dans les émotions de base.

2 Émotions en kit

Les cinq émotions de base servent de matériau à l'élaboration d'émotions dites secondaires. Saurez-vous classer correctement ce que donne le mélange des émotions de base ?

ANXIÉTÉ · AVERSION · DÉPRESSION · DÉSESPOIR · EXTASE · FÉROCITÉ · HAINE · MÉLANCOLIE · OBSESSION · MÉPRIS · RAGE · RÉVULSION · SURPRISE · TERREUR · TRAHISON

bon à savoir

Émotion et mémoire sont liées. C'est l'intensité de l'émotion procurée par un événement qui fait qu'il s'ancre dans nos souvenirs.

	JOIE	TRISTESSE	DÉGOÛT	PEUR	COLÈRE
JOIE	……………	–	–	–	–
TRISTESSE	……………	……………	–	–	–
DÉGOÛT	……………	……………	……………	–	–
PEUR	……………	……………	……………	……………	–
COLÈRE	……………	……………	……………	……………	……………

3 Un besoin pressant

Derrière chaque émotion se cache un besoin. À vous de trouver les besoins qui correspondent aux émotions ci-dessous.

peur •	• besoin de respect, de défense
joie •	• besoin de protection
tristesse •	• besoin de sécurité, d'être rassuré
colère •	• besoin d'être aimé, de partager
dégoût •	• besoin de réconfort

et en plus...

Nos émotions surviennent sans intervention de la pensée. Un **événement** survient (qu'il soit réel ou intérieur) et je le perçois selon qui je suis (avec mes croyances, mon passé, mon expérience...) ; je **ressens** alors des émotions ; je vais adopter le **comportement** qui me semble le plus approprié pour me mettre en mouvement.

4 C'est le moment !

Pour vivre son émotion au moment où on la ressent, il existe une solution en quatre étapes. Remettez-les dans l'ordre, puis utilisez ce procédé à volonté !

○ J'identifie le besoin qui correspond à mon émotion.

○ J'identifie mon émotion en mettant des mots dessus.

○ Je cherche comment combler le besoin identifié.

○ J'identifie ce que je ressens dans mon corps.

1 ....

2 ....

3 ....

4 ....

5 To do or not to do

Pour mieux vivre avec ses émotions, certaines choses sont bénéfiques, d'autres moins. À vous de faire le tri !

	à faire	à éviter
1 Prendre soin de soi, être détendu.	☐	☐
2 Ruminer ses émotions négatives.	☐	☐
3 Reconnaître les émotions.	☐	☐
4 Se dire que tout est psychologique.	☐	☐
5 Rechercher la compagnie de personnes bienveillantes.	☐	☐
6 Se « défouler » plus tard.	☐	☐
7 Être attentif aux émotions des autres.	☐	☐
8 Juger les émotions.	☐	☐

Corrigés p. 54-55

7 Monter dans son estime

Avoir une bonne estime de soi signifie que l'on a, au moment présent, une vision positive de soi-même. Elle constitue une sorte de petit capital, que l'on s'est construit depuis notre naissance et qui augmente ou diminue au gré des événements de notre vie et de nos rencontres.

Pour booster son amour propre, on fait taire les critiques qu'on s'adresse à soi-même, pour les remplacer par des pensées positives !

1 Quel talent !

Sachez reconnaître objectivement ce que vous avez réussi. Dressez la liste de vos trois plus belles réussites récentes, puis entourez les talents ou les qualités que vous avez dû mettre en œuvre pour les accomplir.

Une réussite personnelle (loisirs, sport, passe-temps)

....

....

....

....

....

....

....

....

....

Une réussite liée à mes proches (ma famille, mes amis)

....

....

....

....

....

....

....

....

....

Une réussite au travail

....

....

....

....

....

....

....

....

....

Je me suis montré(e) :

- √ aimable
- √ attentionné(e)
- √ authentique
- √ bienveillant(e)
- √ calme
- √ charmant(e)
- √ confiant(e)
- √ courageux(se)
- √ créatif(ve)
- √ déterminé(e)
- √ disponible
- √ dynamique
- √ efficace
- √ enthousiaste
- √ exigeant(e)
- √ fiable
- √ généreux(se)
- √ honnête
- √ inspirant(e)
- √ logique
- √ loyal(e)
- √ optimiste
- √ organisé(e)
- √ patient(e)
- √ précis(e)
- √ prudent(e)
- √ sociable
- √ sympathique

2 Parce que je le vaux bien

« On ne me fait jamais de compliments ! » En êtes-vous sûr(e) ? On en reçoit parfois plus qu'on ne le pense. Qu'on ne les entende pas ou qu'on les minimise, ils ont été faits, ils sont fondés ! Notez les derniers compliments reçus afin de nourrir votre capital confiance.

....

....

....

....

astuce

La confiance en soi se nourrit de l'estime de soi et guide nos actions. Une faible estime de soi constitue souvent un frein à la réalisation de beaux projets. La bonne nouvelle, c'est que si je me trouve nul, cela ne correspond pas à la réalité mais à une représentation de moi-même.

3 Pas d'excuse !

Savoir s'excuser, c'est important. Mais s'excuser pour un oui ou pour un non donne aux autres une mauvaise image de vous. Si vous essayiez de remercier à la place ?

Excusez mon retard. → Merci de m'avoir attendu(e).

Excuse-moi de te déranger.

→ ....

Oh pardon, j'ai encore trop parlé.

→ ....

Pardonne mon mauvais caractère.

→ ....

4 Je m'encourage

Faites taire cette petite voix intérieure qui vous critique ! Et si vous vous encouragiez à la place ? Remettez les mots des quatre phrases d'encouragement ci-dessous dans l'ordre... puis utilisez-les sans modération !

fait J'ai et bien. mieux c'était mon de

Payé. efforts ont Mes

je que à Ça, moi dois. c'est le

y peux Je arriver !

astuce

Complétez cette liste en vous aidant des « mots puissants » : je suis, je peux, je choisis, j'accepte, je crée, c'est possible.

Corrigés p. 55

8 Adopter la positive attitude

Nos pensées et les émotions qu'elles engendrent nous font sécréter des hormones jouant un rôle important dans notre capacité à entreprendre.
En ce sens, nos pensées ont un impact physique sur le réel. Focaliser son cerveau sur le positif va nous permettre d'avancer vers de nouveaux horizons !

Chaque jour dans notre cerveau naissent près de 60 000 pensées… dont les deux tiers seraient des pensées négatives ou récurrentes ! Au boulot ! On va changer tout ça !

1 Se faire l'avocat… de l'ange

Tirez parti des soucis du quotidien. Obligez-vous dans un premier temps à trouver le positif dans les problèmes que vous rencontrez. Si vous le faites régulièrement, cela deviendra un réflexe !

attention !

Face à un problème ou à un imprévu, notre réflexe classique est de s'affliger et d'énumérer les conséquences négatives de cet événement. Cela nous plonge pourtant dans un état de stress et atrophie notre capacité à rebondir.

Problème : ……………………………………

Avantage : ……………………………………

Problème : ……………………………………

Avantage : ……………………………………

Problème : ……………………………………

Avantage : ……………………………………

Problème : ……………………………………

Avantage : ……………………………………

2 Se charger positivement

Parler de façon positive va contribuer à rééduquer votre cerveau.
Entraînez-vous en reformulant les phrases ci-dessous.

1. J'ai raté mon gâteau. ➜ J'ai expérimenté une nouvelle façon de faire ; on va goûter.
2. Le temps est mauvais. ➜ ……………………………………
3. Il n'y a presque plus de papier. ➜ ……………………………………
4. Ce type est vraiment nul. ➜ ……………………………………

3 Je fais ce que je veux !

Une bonne manière d'être positif consiste à faire ce que l'on aime et à le faire souvent !
Listez ce que vous aimez… et ensuite, pratiquez à volonté !

4 Un petit rituel et au lit

Chaque soir avant de dormir, remémorez-vous les petits plaisirs ou bonheurs de la journée.
Retrouvez trois questions à vous poser en rétablissant les phrases ci-dessous !

? émia ia'j euq ec-tse'uQ

? iuh'druojua neib ed éssap tse's iuq ec-tse'uQ

? risialp ud étroppa a'm iuq ec-tse'uQ

Corrigés p. 55-56

9 Sourire à la vie

« Un sourire ne coûte rien et produit beaucoup », écrit Raoul Follereau. Et cette affirmation, elle, n'est pas gratuite ! Le sourire libère des endorphines qui nous donnent de l'énergie et réduisent le stress, booste notre système immunitaire, et augmenterait même notre espérance de vie… On dit banco !

Alors, souriez, même si vous n'êtes pas filmé !

1 Un sourire musclé !

Savez-vous combien de muscles nous utilisons pour sourire ?

Pour le découvrir, retrouvez la valeur manquante en résolvant ces équations smiley.

Nous utilisons beaucoup plus de muscles pour faire la tête que pour sourire. Alors à choisir…

→ Nous utilisons .... muscles pour sourire.

2 Garder la banane

Listez tout ce qui vous a fait rire ou sourire ces derniers temps !
Rien que de l'écrire vous donnera le *smile* !

astuce

Quand nous sourions, nous sécrétons des hormones responsables de la sensation de bien-être. Gardez cette liste précieusement, et, quand le besoin se fait sentir, relisez-la !

3 Sourire sous cape

En cas de petit coup de blues, essayez la méthode du sourire intérieur.
Retrouvez les voyelles manquantes pour reconstituer la consigne.

1. _nst_ll_z-v__s c_nf_rt_bl_m_nt.
2. R_sp_r_z l_nt_m_nt _t pr_f_nd_m_nt.
3. F_rm_z l_s y__x.
4. C_nc_ntr_z-v__s s_r v_tr_ r_sp_r_t__n.
5. P_ns_z _ _n_ s_t__t__n q__ v__s d_nn_ l_ s__r_r_.
6. R_v___z-v__s d_ns l_ s_t__t__n, p_ns_z _ c_ q__ v__s _v_z r_ss_nt_, __x v_s_g_s d_s __tr_s p_rs_nn_s.
7. L__ss_z v_tre c_rps r_ss_nt_r c_s s_ns_t__ns.
8. _nsp_r_z pr_f_nd_m_nt _t r__vr_z l_s y__x.

4 Sourire communicatif

Avez-vous remarqué que le sourire est contagieux ?
Lors de votre prochaine sortie, souriez à toutes les personnes que vous croisez (même à votre voisin grincheux), puis coloriez le nombre de sourires et de « non-sourires » que vous avez obtenus...

bon à savoir

« Offre un sourire à un inconnu, l'inconnu te sourira. » Lorsque vous souriez à une personne, même inconnue, celle-ci vous sourit en retour, sauf éventuellement si elle ne perçoit pas que le sourire lui est destiné. Et même dans le doute, beaucoup sourient quand même !

Corrigés p. 56

10 Diète numérique

Si les smartphones paraissent aujourd'hui incontournables, il est important de prendre conscience de leurs aspects néfastes : fatigue oculaire, migraines, perturbation du sommeil, douleurs cervicales et, pour les plus connectés, tendinites et douleurs articulaires dans les doigts...
Et si on se mettait à la diète numérique ?

1 Regardez vers la lumière... bleue

Faites le bilan ! Munissez-vous de 5 crayons de couleur (bleu, jaune, orange, violet, vert).

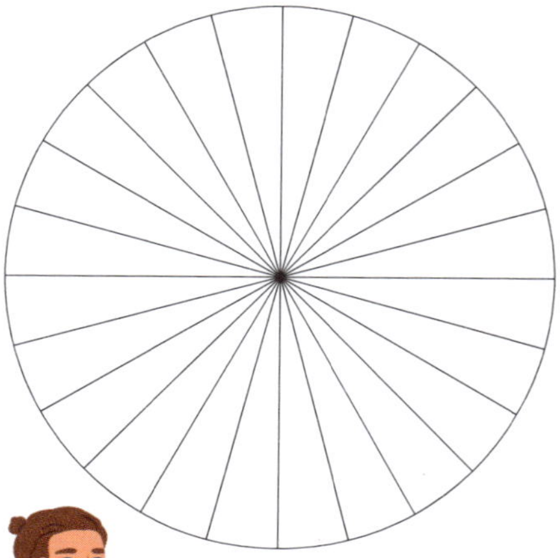

Ouvrez votre téléphone et regardez vos statistiques de temps d'écran. Coloriez en bleu le temps indiqué (1 quartier équivaut à 1 h).

Coloriez en jaune les quartiers qui correspondent à votre temps de sommeil.

Coloriez en orange les quartiers qui correspondent à votre temps de travail, transports compris.

Coloriez en violet les quartiers qui correspondent à vos tâches familiales.

Coloriez en vert les quartiers qui correspondent à votre temps pour vous.

2 Il est temps !

« Je n'ai pas le temps ! » Cette phrase, vous la prononcez certainement régulièrement. Mais justement, pas le temps... de quoi ? Listez ce que vous feriez si vous en aviez le loisir.

- ....
- ....
- ....
- ....
- ....

astuce

Définir les raisons pour lesquelles on souhaite retrouver du temps constitue une étape importante pour réduire son activité sur le téléphone. Il est également bon de questionner son rapport à son téléphone portable, en prenant conscience des motifs qui nous poussent à le consulter dans certaines situations.

3 Détox digitale

L'hyperconnectivité, en plus de nous prendre un temps fou, nous met dans un état d'addiction, de perte de contrôle, de stress, et trouble notre sommeil… pour des bénéfices très relatifs. Suivez ces étapes sur huit jours, vous verrez que le monde continue de tourner sans vos likes, et que vous ne vous en portez pas plus mal !

JOUR 1

Désactivez les notifications et mettez votre téléphone en mode silencieux. Choisissez une trousse ou une boîte (ou mieux encore : un bocal de type Le Parfait®) pour y placer votre téléphone lorsque vous ne vous en servez pas.

Cette journée, c'était…
- ☆ TROP FACILE
- ☆ ÇA VA ENCORE
- ☆ SUPER DUR
- ☆ N'EN PARLONS PAS

JOUR 2

Au moment d'aller vous coucher, laissez votre téléphone dans une autre pièce.

Cette journée, c'était…
- ☆ TROP FACILE
- ☆ ÇA VA ENCORE
- ☆ SUPER DUR
- ☆ N'EN PARLONS PAS

JOUR 3

Ne consultez pas votre téléphone dès le réveil.

Cette journée, c'était…
- ☆ TROP FACILE
- ☆ ÇA VA ENCORE
- ☆ SUPER DUR
- ☆ N'EN PARLONS PAS

JOUR 4

Faites une petite balade d'une heure sans votre téléphone.

Cette journée, c'était…
- ☆ TROP FACILE
- ☆ ÇA VA ENCORE
- ☆ SUPER DUR
- ☆ N'EN PARLONS PAS

JOUR 5

Lorsque vous êtes avec quelqu'un, éteignez et rangez votre téléphone. C'est l'occasion de se concentrer sur la personne et puis c'est quand même plus poli !

Cette journée, c'était…
- ☆ TROP FACILE
- ☆ ÇA VA ENCORE
- ☆ SUPER DUR
- ☆ N'EN PARLONS PAS

JOUR 6

Ennuyez-vous pendant 30 minutes au moins, plus si vous pouvez. Regardez autour de vous, laissez votre esprit vagabonder… sans solliciter votre esprit avec votre téléphone.

Cette journée, c'était…
- ☆ TROP FACILE
- ☆ ÇA VA ENCORE
- ☆ SUPER DUR
- ☆ N'EN PARLONS PAS

JOUR 7

Rangez votre téléphone à chaque fois que vous réalisez une tâche. Vous resterez concentré, sans être interrompu.

Cette journée, c'était…
- ☆ TROP FACILE
- ☆ ÇA VA ENCORE
- ☆ SUPER DUR
- ☆ N'EN PARLONS PAS

JOUR 8

Ne libérez pas votre téléphone de son rangement aujourd'hui… Passez une journée complète sans vous en servir.

Cette journée, c'était…
- ☆ TROP FACILE
- ☆ ÇA VA ENCORE
- ☆ SUPER DUR
- ☆ N'EN PARLONS PAS

On fait les comptes ?

★ TROP FACILE	
★ ÇA VA ENCORE	
★ SUPER DUR	
★ N'EN PARLONS PAS	

Corrigés p. 56

UN MOMENT DE DÉTENTE

À vos crayons !

1 Coloriage d'un mandala

Les mandalas sont des dessins spirituels d'origine hindoue. En réaliser ou en colorier possède de nombreuses vertus, comme la réduction du stress, le lâcher-prise…

Laissez libre cours à votre créativité et coloriez votre mandala avec les couleurs qui vous font vibrer.

2 Création de zentangles

Le zentangle consiste à dessiner à l'intérieur d'un carré de 9 cm de côté différents motifs répétitifs en les agençant ensemble : des arcs de cercle, des ronds, des carrés, des gouttes, des lignes en dents de scie... Ce qui vous vient à l'esprit.

Cette pratique permet de se détendre, de se recentrer et de lâcher prise ! Vous pouvez vous inspirer des motifs suivants ou créer les vôtres. Travaillez avec application.

Corrigés p. 56

11 On vous fait marcher

1 Faire le premier pas

Commencez par établir un tableau de référence.
Pour cela, munissez-vous d'un mètre et d'un chronomètre. À vos marques, prêt ? Marchez !

- Mesurez 5 mètres sur une surface plate et placez des repères. Marchez normalement entre les deux repères en comptant vos pas. Divisez votre résultat par 5.
  A : Nombre de pas pour 1 mètre = ...
- Toujours sur une surface plate, marchez normalement pendant 1 minute en comptant vos pas.
  B : Nombre de pas à la minute = ...

astuce

Pour calculer mon nombre de pas (C) en fonction de mon temps de marche, je multiplie mon temps de marche en minutes (M) par le nombre de pas à la minute (B). Et pour trouver la distance parcourue (D), je divise le nombre de pas obtenu (C) par mon nombre de pas pour 1 mètre (A).

bon à savoir

Dans la Rome antique, les distances étaient mesurées en comptant les pas : 1 unité correspondait à 2 enjambées, le mille romain équivalant à 1 000 pas.

MON TABLEAU D'ÉQUIVALENCE

Temps en minutes (M)	Nombre de pas (C = M x B)	Distance parcourue en mètres (D = C/A)
30		
60		
90		
120		
180		

2 Pas à pas... ou pas !

Saurez-vous distinguer le vrai du faux parmi les affirmations suivantes ?

	vrai	faux
1 On parle de marche rapide lorsque la vitesse de la marche dépasse les 6 km/h.	☐	☐
2 Lors de la marche, la phase d'oscillation correspond au moment où le pied ne touche pas le sol.	☐	☐
3 La marche est le mode de déplacement le moins traumatisant pour l'organisme.	☐	☐
4 La marche à l'envers est une pratique sportive orientale qui permet d'accentuer encore les bienfaits de la marche à pied.	☐	☐
5 Selon l'Organisation mondiale de la santé, la marche diminue le risque de maladie cardiovasculaire, de diabète et même de maladie d'Alzheimer.	☐	☐

3 La meilleure façon de marcher...

Plutôt que de vous imposer de marcher 10 000 pas par jour, fixez-vous un objectif... puis adaptez votre nombre de pas en fonction ! **Déchiffrez les objectifs ci-dessous, qui ont été embrouillés, et sélectionnez celui qui vous convient.**

On marche 10 000 pas par jour au minimum. **On essaie** d'allonger la durée de marche pour atteindre 15 000 pas par jour. **Et à long terme...** on augmente la vitesse de la marche.

On marche 15 000 pas par jour. **On essaie** d'accélérer son rythme de marche normal, de marcher plusieurs fois dans la journée. **Et à long terme...** on marche dans des parcours en pente.

On marche 30 minutes par jour, 5 jours par semaine. **On essaie** d'allonger progressivement la durée pour atteindre 10 000 pas par jour. **Et à long terme...** on en fait un exercice quotidien.

4 Trouver chaussure à son pied

Pour marcher, évitez les chaussures rigides, les tongs ou sandales à la semelle ultrafine et les talons hauts... Trouvez une paire de chaussures adaptée à la marche en identifiant les deux chaussures identiques parmi les modèles ci-dessous.

Corrigés p. 57

12 Boire… oui, mais quoi ?

Notre corps est composé d'environ 60 % d'eau et en élimine environ 2 litres chaque jour. Pour être bien, nous avons besoin de boire… mais pas trop ! En plus de l'eau présente dans les aliments, nous devons boire environ 1,5 litre quotidiennement.

1 Petit verre… petit poids ?

Combien de calories se cachent dans les boissons que nous consommons ? Retrouvez le nombre de calories qui correspond à chaque boisson apéritive, puis son équivalent à grignoter.

1 pinte de bière •	• 140 •	• 1 grand bol de rien
1 canette de soda •	• 80 •	• 1 part de pizza (1/8)
1 verre de rosé (150 ml) •	• 90 •	• 1 biscuit fourré au chocolat
1 verre d'eau gazeuse •	• 120 •	• 2 boules de sorbet
1 coupe de champagne •	• 320 •	• 2 madeleines
1 verre de whisky (50 ml) •	• 135 •	• 7 morceaux de sucre
1 verre de jus d'orange •	• 170 •	• 1 pain au chocolat
1 mojito •	• 0 •	• 5 Apéricube®

2 Faire des mélanges

Complétez la grille pour retrouver neuf aliments classiques des cocktails bien-être.

1. « Je l'appelle … parce que son corps est bronzé / Je l'appelle … parce que ses cheveux sont dorés… » De quoi parlait Antoine dans sa chanson de 1967 ?
2. La ville de Menton le célèbre chaque année.
3. Le nom de ce fruit signifie parfum et, en anglais, son nom se rapproche de pomme de pin.
4. Point commun entre Ève, Blanche-Neige et Guillaume.
5. Agrume à chair blonde, blanche, rose ou rouge.
6. Il paraîtrait que les garçons naissent dedans.
7. C'est aussi le nom de la première femme Premier ministre en France.
8. Quand elles sont cuites, la situation est désespérée.
9. C'est le seul fruit qui porte ses graines sur sa peau.

bon à savoir

Choisissez parmi ces neuf ingrédients pour composer vos cocktails maison. Mélangez deux, trois, quatre ingrédients… comme vous le souhaitez ! Mixez-les avec un peu d'eau ou centrifugez-les.

3 À l'eau ?

Pour continuer à se faire plaisir, on opte pour les eaux aromatisées. On laisse infuser dans une carafe d'eau plate ou gazeuse des fruits, des herbes ou des légumes.

Retrouvez quelques associations en suivant les chemins !

et en plus...

Certaines infusions sont à préparer la veille... Faites infuser vos ingrédients dans de l'eau bouillante, laissez refroidir, filtrez et dégustez ! Voici deux boissons à concocter et consommer sans modération :

1. Tranches de gingembre frais + citron
2. Fleurs d'hibiscus + feuilles de menthe

4 T'es quel thé ?

Le thé, qui contient des antioxydants et un peu de théine, est plein de vertus : il stimule l'humeur, aide à la digestion... entre autres. Découvrons-en différentes variétés pour se régaler se faisant du bien !

Retrouvez les caractéristiques et vertus de chaque thé.

- Thé rouge ou rooibos •
- Thé fumé •
- Thé blanc •
- Thé vert •
- Thé oolong ou bleu-vert •
- Thé noir •
- Chaï •

- • Feuilles entièrement oxydées. Teneur en théine assez forte.
- • Feuilles non oxydées. Plus de 1 500 variétés dans le monde. Brûleur de graisse.
- • Feuilles semi-oxydées. Faible teneur en théine. Favorise l'élimination.
- • Feuilles entièrement oxydées puis fumées. Goût particulier mais doux.
- • Feuilles duveteuses faiblement oxydées et peu transformées. Faible teneur en théine. Rare et précieux. Le plus riche en antioxydants.
- • Thé aux feuilles entièrement oxydées auquel on ajoute des épices et souvent du lait.
- • Issu d'un arbuste sud-africain. Naturellement sans théine.

- À boire le matin ou en début d'après-midi. Chaud, refroidi ou glacé.
- À boire tout au long de la journée. Chaud, refroidi ou glacé.
- À boire le matin ou en début d'après-midi. Chaud.
- À boire tout au long de la journée. Chaud, refroidi ou glacé.
- À boire le matin ou en début d'après-midi. Chaud.
- À boire tout au long de la journée. Chaud, refroidi ou glacé.

Corrigés p. 57-58

13 Éloge de la routine

Mettre en place des routines est indispensable à notre bien-être. Notre cerveau en a besoin : instaurer des comportements « automatiques » lui permet de conserver de l'énergie pour les imprévus de la journée. Ces habitudes sont également essentielles pour prendre soin de soi et avoir une bonne hygiène de vie.

Le terme de routine peut évoquer l'ennui, mais en adopter est en réalité très positif !

1 À fond de train-train

Quelle que soit la routine que vous allez mettre en place, vous aurez plus de chances de l'installer durablement si elle répond à trois critères.
Décryptez le code ci-dessous pour les découvrir.

- un symbole est correct mais mal placé

- un symbole est correct et bien placé

- aucun symbole n'est correct

- deux symboles sont corrects mais mal placés

DÉCODAGE

une routine à la fois	
un objectif précis	
une bonne régularité	
des horaires fixes	
aucun manquement	
un seul rituel par jour	
observer toujours les mêmes étapes	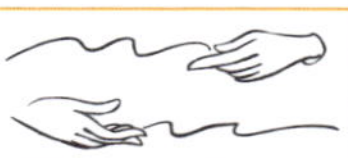

Il faut respecter ces trois critères : ....

....

2 Adopte une routine

Commencez par une routine simple, vous pourrez être plus ambitieux ensuite !

Pour créer des rituels qui vous conviennent et que vous avez plaisir à faire durablement, un peu d'anticipation peut s'avérer fort utile. Remplissez les différentes étapes ci-dessous pour mettre en place votre routine.

1. Définir un but

Mon but est : ....

2. Choisir une routine

Ma routine : ....

Quand ? ....

Combien de temps ? ....

3. Se mettre en condition

Aidez-vous de gestes associés : ce sont de petits gestes simples permettant de déclencher la routine (par exemple, me servir une tasse de ma boisson préférée avant de commencer à écrire, etc.).

Mon geste associé : ....

3 Faites des miracles…

Le *miracle morning* a des dizaines de milliers d'adeptes dans le monde et promet de faire le plein d'énergie et de pensées positives dès le matin. Reconstituez les activités proposées ci-dessous, puis sélectionnez celles qui vous conviennent.

10 mi	tirements
10 minu	tes de méditation
20 minut	nutes de yoga
15 minutes d'é	oman
Préparer un pe	es de jogging
Lire un r	urnal intime
Tenir un jo	tit déjeuner sain

bon à savoir

La répétition ancre les habitudes. Il faut un peu d'efforts pour adopter un nouveau rituel, le temps que l'habitude se fixe en nous et devienne un manque lorsque nous l'omettons. Il faudrait la pratiquer au moins vingt et un jours d'affilée (voire trente à soixante).

et en plus…

Voici six activités que vous pouvez réaliser chaque matin :
- un temps de silence (méditation, respiration…) ;
- un temps d'affirmation positive (où l'on répète à haute voix ce que l'on veut être) ;
- un temps de visualisation (cù l'on imagine son succès à venir) ;
- un temps d'exercice physique ;
- un temps de lecture ;
- un temps d'écriture (tenir un journal).

4 Tri sélectif

Soyons honnêtes, nous avons aussi de mauvaises habitudes. Notez toutes les petites habitudes que vous avez au quotidien, puis entourez celles dont vous souhaitez vous débarrasser. Et si vous les remplaciez par des routines en accord avec vos objectifs ?

HABITUDES

Corrigés p. 58-59

14 Travailler sa paresse

La paresse est communément perçue de façon négative… ce qui n'est pas étonnant, puisque c'est l'un des sept péchés capitaux ! Difficile à partir de là de ne pas se sentir coupable dès que nous ralentissons le rythme de nos quotidiens effrénés. Et si nous donnions une deuxième chance à la paresse ?

1 Le quiz le plus lent

Devrions-nous prendre exemple sur le paresseux, cet animal intrigant qui passe le plus clair de ses journées la tête en bas, à demi endormi ? Peut-être pas pour tout ! Testez vos connaissances sur ce drôle de mammifère.

1 **Quel animal est le plus gros dormeur de la planète ?**
a. Votre oncle Roger
b. Le koala
c. La marmotte
d. Le paresseux

2 **De quoi se nourrit le paresseux ?**
a. D'insectes
b. De poissons
c. De feuilles, de fruits et de légumes
d. De carcasses d'animaux

3 **Combien de temps un paresseux se repose-t-il par jour en moyenne ?**
a. Environ cinq heures
b. Environ huit heures
c. Environ quatorze heures
d. Environ dix-huit heures

4 **Quelle particularité présente le paresseux ?**
a. Il est très résistant.
b. Il peut mettre un mois pour digérer un aliment.
c. Il ne boit pas.
d. Il est très bon nageur.

2 J'ai rien fait !

Sans cesser toute activité à long terme, se ménager des moments où l'on ne fait rien permet de décompresser, de recharger les batteries… Et vous, qu'est-ce que cela vous évoque ? Représentez le mot « rien ».

et en plus…

Le mot « farniente », synonyme de « douce oisiveté », nous vient de deux mots italiens, *fare* et *niente*, « faire rien ».

3 Cure d'oisiveté

Adoptez la flemme comme nouvel art de vivre… Que trouveriez-vous comme avantages à paresser plus souvent ? Huit mots liés à la détente se sont cachés dans la grille ci-dessous, à vous de les retrouver.

T	I	S	A	N	E	H
S	F	W	S	C	R	A
I	I	R	É	A	P	M
E	L	E	R	L	L	A
S	M	L	I	M	A	C
T	L	A	E	E	I	H
E	Q	X	P	T	D	R

bon à savoir

Au XIXe siècle est paru un ouvrage : *Le Droit à la paresse*, de Paul Lafargue. Il y dénonce le travail considéré comme une valeur qui pousse à la consommation, à la surproduction.

4 Parole de paresseux !

Pour les écrivains et les poètes, la paresse est aussi source d'inspiration.
Retrouvez les auteurs des citations ci-dessous.

1. « Il ne faut pas croire que la paresse soit inféconde. On y vit intensément, comme un lièvre qui écoute. On y nage comme dans l'eau, mais on y sent les frôlements des herbes du remords. »

2. « Une chambre qui ressemble à une rêverie, une chambre véritablement spirituelle, où l'atmosphère stagnante est légèrement teintée de rose et de bleu. L'âme y prend un bain de paresse, aromatisé par le regret et le désir. »

3. « Je me promène beaucoup ; je lis, je n'ai rien à faire, et, pour n'être point paresseuse de profession, personne n'est plus touchée que moi du *far-niente* des Italiens. »

4. « Ma chambre a la forme d'une cage,
Le soleil passe son bras par la fenêtre.
Mais moi qui veux fumer pour faire des mirages,
J'allume au feu du jour ma cigarette,
Je ne veux pas travailler – je veux fumer. »

5. « Jean s'en alla comme il était venu,
Mangea le fonds avec le revenu,
Tint les trésors chose peu nécessaire.
Quant à son temps, bien le sut dispenser :
Deux parts en fit, dont il soulait passer
L'une à dormir et l'autre à ne rien faire. »

Guillaume Apollinaire, *Hôtel*

Charles Baudelaire, *La Chambre double*

Madame de Sévigné, *Lettre à Mme de Grignan*

Jean de La Fontaine, *Épitaphe d'un paresseux*

Jules Renard, *Journal*

Corrigés p. 59

15 The simple life

« Pourquoi faire simple quand on peut faire compliqué » est votre adage ? Et si vous renversiez la vapeur pour tendre à plus de simplicité ? Ces quelques pistes pour aller vers le « moins » permettent de retrouver des valeurs précieuses comme le temps, la sérénité, la préservation de notre planète…

Pas de prise de tête ou de méthode stricte : c'est à vous de trouver les pratiques qui vous conviennent.

1 Aller à l'essentiel

Imaginez que vous allez vivre dans une *tiny house* de 12 m² ou une caravane. Vous avez le droit à trois cartons et à une valise de vêtements. Dressez la liste de ce que vous emportez.

Les affaires que vous avez notées ici constituent vos essentiels !

2 Trois fois rien

Pour trier vos affaires, commencez dès à présent, par petites sessions. Pour chaque objet, posez-vous les six questions suivantes.

astuce

Une fois le tri terminé, on adopte le mantra suivant : « un objet qui entre, un objet qui sort ! »

1) L'ai-je utilisé il y a moins d'un an ?
☐ oui ☐ non

2) Vais-je en avoir besoin dans les six mois à venir ?
☐ oui ☐ non

3) Est-il en bon état ?
☐ oui ☐ non

4) Y suis-je attaché(e) ?
☐ oui ☐ non

5) Est-il économe en place ?
☐ oui ☐ non

6) Est-il difficile ou onéreux de racheter cet objet ?
☐ oui ☐ non

3 De vrais amis ?

Faut-il aussi faire du tri dans nos relations ? Oui ! Il est bon de se demander si les relations que nous entretenons, réelles ou virtuelles, nous épanouissent.

Cochez les cases quand les phrases ci-dessous sont vraies.

- ☐ 1. J'apprécie .... tel qu'il (qu'elle) est.
- ☐ 2. .... m'apprécie.
- ☐ 3. .... me fait positiver.
- ☐ 4. Je trouve .... inspirant(e).
- ☐ 5. .... m'encourage.
- ☐ 6. Avec ...., je m'autorise à être tel(le) que je suis.
- ☐ 7. Quand je vois ...., et après avoir partagé un moment ensemble, je me sens bien.

4 En toute simplicité

Pour simplifier encore votre quotidien, adoptez quelques nouvelles habitudes…

Remplacez les mots en gras par leur contraire pour découvrir la liste de conseils ci-dessous.

- ☑ **Après** chaque achat, j'évalue le ratio besoin/envie et je me demande ce dont je vais me séparer pour **bannir** un **ancien** objet.
- ☑ Si j'ai **vendu** quelque chose qui ne me convient pas, je ne le **jette** pas.
- ☑ J'achète de préférence un objet de **pacotille** que plusieurs de **qualité**.
- ☑ Je ne **jette** pas plus de trois échantillons cosmétiques.
- ☑ Je **garde** des objets publicitaires.
- ☑ Je **remplis** mon sac chaque **nuit**.
- ☑ Je supprime **plus tard** les spams ou les e-mails **en cours**.
- ☑ Je **prends** une place à chaque chose.
- ☑ Je fixe un nombre **minimal** de jeux de draps et de serviettes.
- ☑ Je **prends** ou je recycle les **nouveaux** chargeurs et téléphones.
- ☑ Je me demande **épisodiquement** : « Pourquoi **jeter** cela ? »
- ☑ Je **conserve** mes produits ménagers en **écartant** le trio vinaigre blanc-bicarbonate-savon noir.
- ☑ J'apprends à refuser **méchamment** mais **avec souplesse**.

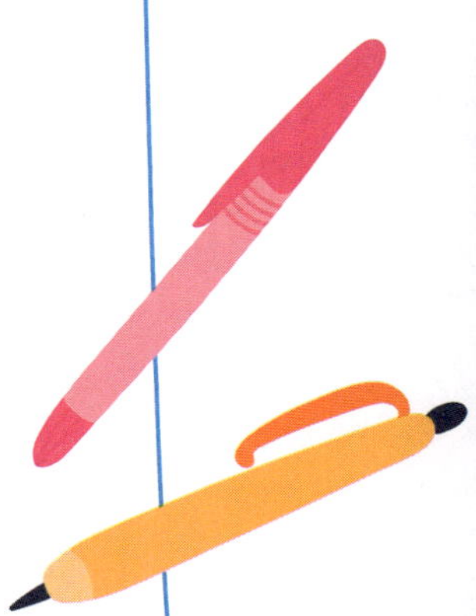

Corrigés p. 59-60

UN MOMENT DE DÉTENTE

LES CINQ TIBÉTAINS

Les cinq tibétains sont une série de cinq exercices simples à réaliser. Ces rites, qui proviendraient de monastères de l'Himalaya, permettent de stimuler les sept chakras*. Les pratiquer quotidiennement, de préférence le matin, favorise le bien-être et la vitalité.

Exécutez les rites dans l'ordre, sans forcer, en les répétant 3, 7, 12 ou 21 fois. Placez bien votre respiration lors des exercices, et entre deux exercices, respirez 3 fois calmement (inspiration par le nez-expiration par la bouche).

RITE 1 le derviche tourneur

Les bras tendus à l'horizontale, tournez sur vous-même dans le sens des aiguilles d'une montre.

BIENFAITS : dynamise et réveille l'énergie dans tout le corps.

RITE 2 les pieds au mur

- Placez-vous allongé sur le dos, les bras le long du corps, les paumes au sol.
- Soulevez votre cou pour mettre le menton à la poitrine, puis montez vos jambes tendues à la verticale, en inspirant.
- Retournez à la position allongée en expirant.

BIENFAITS : renforce les abdominaux et le cou.

* Chakra : dans le yoga nœud énergétique du corps qui met en contact le physique et le psychique.

RITE 3 l'arc

- Placez-vous à genoux, orteils en flexion, fesses relevées.
- Mains derrière les hanches, basculez le buste en arrière et tirez le menton vers le haut et l'arrière en inspirant.
- Reprenez la position initiale en expirant.

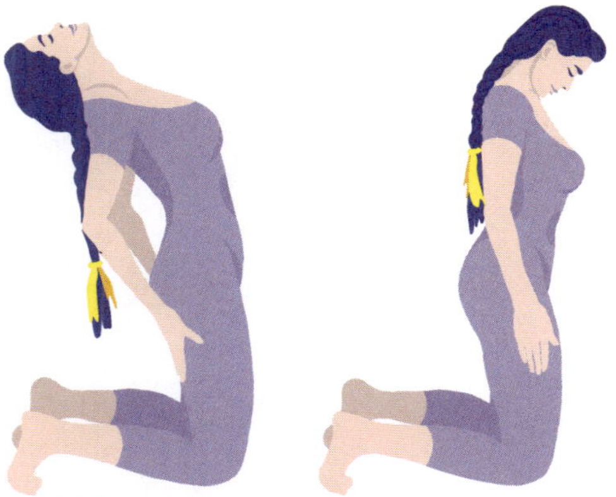

BIENFAITS : stimule la thyroïde, et donc influe positivement sur l'humeur et le stress.

RITE 4 le pont

- Asseyez-vous au sol, jambes écartées de la largeur du bassin, dos vertical, en appui sur les mains.
- Montez votre corps en inspirant puis retournez à la position assise en expirant.

BIENFAITS : renforce les épaules, le bas du dos et les fessiers.

RITE 5 le chat

- Placez-vous le corps en appui sur les bras et les jambes écartés de la largeur des épaules. Poussez sur vos bras, montez le coccyx le plus haut possible en inspirant.
- À l'expire, en conservant les jambes et les bras tendus, relâchez votre bassin, montez votre plexus et regardez vers le haut.

BIENFAITS : étire l'ensemble du corps et fait gagner en énergie et en souplesse.

Corrigés p. 60

16 Devenir MAÎTRE du temps

Nous avons en général une idée de la manière de bien gérer son temps… mais passer à la pratique s'avère parfois plus compliqué. Pour résoudre ce problème, il faut commencer par déterminer pourquoi on n'applique pas les bonnes pratiques « classiques », afin de composer les siennes !

1 C'est bon, je gère…

Et vous, question gestion du temps, vous en êtes où ? Répondez aux questions ci-dessous pour évaluer votre besoin d'améliorer votre organisation au quotidien.

	OUI	NON
1 Je sais bien prioriser mes tâches.	☐	☐
2 J'arrive toujours à m'acquitter de mes tâches dans les temps.	☐	☐
3 J'ai la sensation de n'avoir le temps de rien faire.	☐	☐
4 Je suis en retard sur au moins trois choses importantes.	☐	☐
5 Je n'ai pas trié mes papiers personnels depuis plus de six mois.	☐	☐
6 J'ai reçu une ou plusieurs relances la semaine dernière.	☐	☐

2 Do it like Ike !

La matrice d'Eisenhower – inspirée par le 34e président des États-Unis – permet de classer les tâches en fonction de leur urgence et de leur importance. Dressez la liste des tâches que vous devez réaliser cette semaine, puis classez-les dans le tableau ci-dessous.

2. Ces tâches sont à réaliser en priorité !

3. Planifiez ces tâches, en prévoyant un moment pour les réaliser dans votre agenda.

Très important pour moi

1. Ces tâches qui ne sont pas importantes pour vous… rayez-les de la liste ! (Sauf si elles ont un impact important sur d'autres personnes.)

Pas important pour moi

Pour hier | Pour aujourd'hui | Milieu de semaine | Dans plus longtemps

3 C'est la loi

Aidez-vous des lois du temps pour trouver votre efficacité et gagner en sérénité…
Retrouvez la bonne pratique correspondant à chaque loi, puis complétez les Post-it en indiquant comment vous pourriez appliquer ces pratiques au quotidien.

LA LOI DE MURPHY
Toute chose prend plus de temps qu'on ne l'avait prévu. •

LA LOI DE PARETO
80 % des résultats sont produits par 20 % du travail effectué. •

LA LOI DE PARKINSON
Plus on a de temps pour réaliser une tâche, plus celle-ci prend du temps. •

LA LOI DE LABORIT
Chaque individu a une inclinaison naturelle à effectuer en premier ce qui lui fait plaisir. •

LA LOI D'ILLICH
Passé un certain temps sur une tâche, notre efficacité diminue et devient même négative. •

LA LOI DE CARLSON
Le temps perdu à cause de l'interruption d'une tâche est plus long que l'interruption elle-même. •

- • Je détermine une durée pour chaque tâche que j'ai à réaliser. → ……………
- • Je coupe mon téléphone, je ferme ma boîte mail, je m'isole pour ne pas être interrompu. → ……………
- • J'identifie les tâches qui ont le plus de valeur. → ……………
- • Je m'impose des (vrais) moments de pause. → ……………
- • Je prévois toujours une marge. Je planifie chaque jour un créneau pour les imprévus. → ……………
- • Je commence par ce que j'aime pour me donner de l'énergie ou je commence par ce que j'aime le moins pour m'en débarrasser. → ……………

4 Croiser les informations

Vous avez à présent les clés pour améliorer votre gestion du temps. Saurez-vous trouver les mots qui correspondent aux définitions ci-dessous ?

Horizontal
1. S'organiser permet d'en avoir plus dans sa journée.
2. Action consistant à classer les tâches par ordre d'importance.

Vertical
3. Prévoir à l'avance les tâches à effectuer.
4. Une bonne gestion du temps permet de ne pas en subir.
5. S'en accorder une permet de gagner en efficacité.

Corrigés p. 60-61

17 Une vie sans stress

Le stress se manifeste lorsque nous percevons un déséquilibre entre ce qui est attendu de nous et notre capacité à le faire. Et si la pression peut nous stimuler dans des situations ponctuelles, un stress qui s'installe durablement constitue un réel problème.

1 Du trac au trac

Cette boule dans le ventre que l'on ressent avant un événement important, le cœur qui bat à tout rompre... s'expliquent souvent parce qu'on est trop centré sur soi-même, voire négatif. Pour découvrir comment atténuer ces sensations, résolvez le code ci-dessous.

Code : AOH | BIP | CJÈV | DSNU | ELG | RMT

2 Protocole antistress

Vous ne dormez pas bien, avez le sentiment d'être débordé ? Prenez un instant pour remplir les cases ci-dessous. C'est promis, ces quelques minutes vous en feront gagner beaucoup !

Ce que j'ai à faire aujourd'hui
....
....
....
....

Ce qui m'embête, me soucie
....
....
....
....

bon à savoir

Le stress peut être décrit comme la réaction physique et psychologique permettant de mobiliser ses ressources pour affronter le danger. Dans notre quotidien, il se déclenche lorsque nous considérons une situation comme dangereuse pour notre équilibre personnel.

Ce qui va bien dans ma vie
....
....
....
....

Ce que j'ai déjà réussi à faire, et ce que je vais reproduire pour la suite
....
....
....
....

3 Vous l'avez bien médité

Vous pouvez utiliser un minuteur pour respecter la durée que vous vous êtes fixée pour la méditation.

La méditation de pleine conscience permet de réduire son stress. Coloriez uniquement les cases contenant des 1 : les chiffres qui apparaîtront vous révéleront les cinq principes-clés à sélectionner parmi les phrases ci-dessous.

2	7	8	5	3	7	9	4	9	0	6	8	0	3	8	4	6	0	4	2	3	6	7	8	3
3	0	2	1	5	2	1	1	7	4	1	4	7	2	5	6	1	1	3	8	9	1	1	9	5
4	5	1	1	7	1	5	6	1	8	1	6	3	8	7	1	7	3	1	0	1	5	0	1	7
8	1	3	1	9	8	3	7	1	9	1	4	1	6	3	1	0	5	8	4	8	1	1	1	9
0	2	9	1	3	5	9	1	6	3	1	1	1	1	9	1	1	1	6	7	9	7	3	1	4
6	4	4	1	0	4	1	0	4	5	0	6	1	3	0	1	4	7	1	2	1	8	6	1	0
8	8	0	1	8	1	1	1	1	9	4	5	1	0	7	6	1	1	9	8	5	1	1	3	5
2	4	5	9	2	4	6	7	9	2	5	2	4	5	6	8	9	2	7	9	4	3	8	2	6

1. Pratiquez un petit peu régulièrement.
2. Commencez par méditer pendant une dizaine de minutes maximum.
3. Mettez de la musique très fort.
4. Choisissez un endroit calme.
5. Allumez des bougies parfumées.
6. Installez-vous dans une position confortable pour vous.
7. Pratiquez de temps en temps, sur un temps long.
8. Asseyez-vous dans la position de la fleur de lotus.
9. Avancez à votre rythme, sans vous mettre la pression.
10. Imitez la pratique de quelqu'un qui médite depuis des années.

et en plus...

Une fois les principes-clés adoptés, vous pouvez commencer votre méditation...
- Fermez les yeux.
- Relâchez-vous.
- Concentrez-vous sur votre respiration sans chercher à en modifier le rythme.
- Observez ce qui se passe en vous.

4 Partir du bon pied

Si, le matin, vous courez dans tous les sens avant de sortir en trombe en emportant un petit déjeuner à avaler en chemin... c'est le stress assuré ! Planifiez ci-dessous ce que vous pouvez anticiper la veille au soir.

Ce que je fais le matin

....
....
....
....
....
....
....
....
....

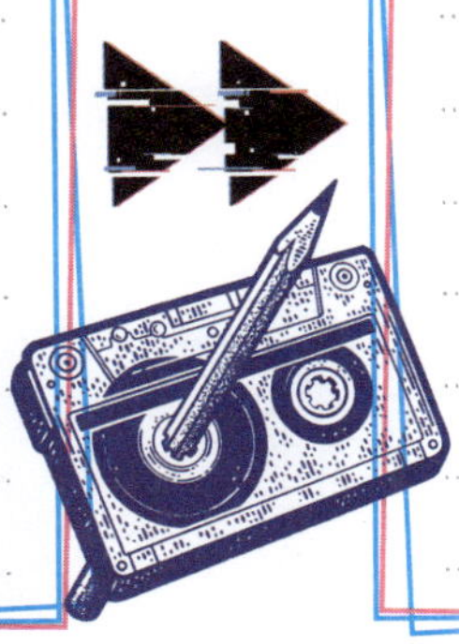

Ce que je vais faire la veille

....
....
....
....
....
....
....
....
....

Ce n'est pas ma faute si je suis en retard, c'est à cause de la fonction snooze !

Corrigés p. 61-62

18 MAIS NON, MAIS NON

Parfois, nous disons « oui » alors que nous voulions dire « non »... Apprendre à refuser – sans froisser les autres pour autant –, c'est aussi se dire « oui » à soi. Et cette démarche est nécessaire pour se remettre au centre de sa vie et respecter ses besoins.

Si vous n'aviez pas l'habitude de dire « non », votre entourage se montrera peut-être surpris, au début, mais si vous persistez, il s'adaptera progressivement.

1 Oups, I did it again

Vous avez dit « oui », puis vous l'avez regretté ?
Notez ci-dessous les dernières fois où cela vous est arrivé.

2 En pilote automatique

Lorsque nous n'assumons pas de dire « non », c'est que nous sommes guidés à ce moment-là par un de nos *drivers*. Notez les raisons pour lesquelles vous n'avez pas réussi à dire non, et reliez-les au bon *driver*.

bon à savoir

Enfants, nous passons tous par la phase du « non », au moment où nous quittons la fusion avec notre maman ! C'est ensuite que nous intégrons ces cinq *drivers*, ou « pilotes de vie », en fonction des injonctions des adultes qui nous entourent. Parfois utiles dans les interactions sociales, ils s'avèrent souvent limitants.

Fais plaisir
« Sois gentil ! »
« Pense un peu aux autres... »

Fais vite
« Dépêche-toi ! »
« Je n'ai pas que ça à faire. »

Sois fort
« Sois courageux ! »
« Arrête de te plaindre ! »

Sois parfait
« Tu aurais pu mieux faire. »
« C'est pas mal, mais... »

Fais un effort
« On n'a rien sans peine. »
« C'est bien, mais c'était facile. »

3 Besoin de rien ? Envie de quoi ?

Pour réussir à dire « non », savoir ce que l'on veut et identifier clairement ses besoins est fondamental. Entraînez-vous à le faire en complétant les bulles après avoir remis les lettres dans l'ordre…

a ' o i b d J n e s i e

....

e a n v i i d e ' e J

....

4 Merci… mais non merci

Savoir dire « non » avec tact, c'est tout un art. Supprimez les « oui » qui se sont glissés dans les phrases suivantes avant de vous en inspirer !

Meouirci ouide pouienser à mouioi, maouiis…

Joui'aouiimouierais bouieauouicoup, maiouis ouice n'esouit pouias louie bonoui momouient pououir mouioi.

Jeoui ouine peouiux ouipas, mouiais jouie teoui conouiseillouie ouide vouioir aouiupouirès deoui…

Jouie ouine pouieux pouias, maisoui ouije pouieux touie pouiropouioser douie…

Jeoui ouime suiouis douiéjouià enouigagé aouiuprès ouide qouiuelqu'ouiun d'autouire.

astuce

Avant de vous engager, répondez mentalement à cette petite check-list.

☐ La personne me fait-elle une demande claire ? (Une personne qui se plaint d'avoir beaucoup à faire, par exemple, ne vous demande pas forcément de l'aider !)

☐ En cas de demande, je réponds selon mes besoins et de l'envie qui en découle.

C'est oui : montrez que ce « oui » a de la valeur.

C'est non : rappelez-vous que vous avez le droit de refuser.

5 La bonne posture

Savoir dire « non », c'est s'écouter. Retrouvez les clés d'un refus serein en remettant en ordre les puzzles ci-dessous.

Être honnête

Ne pas se sentir

Remercié d'avoir

Rester poli

et souriant.

obligé de se justifier.

et clair.

été sollicité.

Parfois, la personne à qui l'on dit « non » peut insister, voire faire comme si vous aviez dit « oui ». Restez calme et ne lâchez rien : un sourire, un silence, et on réaffirme le « non » !

Corrigés p. 62

19 Le lâcher-prise, on y tient !

Lâcher prise, ce n'est pas n'en avoir plus rien à faire, mais plutôt s'entraîner à faire taire ces injonctions qui nous assaillent de tous les côtés. En arrêtant de vouloir tout contrôler et de plaire aux autres à tout prix, on s'autorise à être soi-même...

Tout est dans la nuance : s'écouter ne signifie pas ne plus écouter les autres ; ne pas tout contrôler ne signifie pas tout lâcher.

1 Nous n'avons pas les mêmes valeurs

Quelles sont vos valeurs de vie ? Pour vous recentrer sur ce qui vous importe réellement, laissez-vous guider afin de lister cinq à huit valeurs fondamentales pour vous.

Un souvenir heureux :

Votre ressenti :

Les valeurs en œuvre à ce moment-là :

Vos valeurs :

Un souvenir moins heureux :

Votre ressenti :

Les valeurs insatisfaites à ce moment-là :

On commence par déterminer ses priorités ! Ensuite, on peut s'investir émotionnellement pour ce qui compte... et laisser de côté le reste, et ce sur quoi on n'a pas de prise.

2 Contrôle technique

Il faut accepter de ne pas avoir la main sur tout. Reliez les éléments ci-dessous dans la bonne catégorie... puis lâchez prise sur ce qui n'est pas de votre ressort !

- La météo
- Ce que j'écoute
- La mort
- Mes engagements
- Les choix des autres
- La maladie
- Ce que je décide
- Le passé

- L'importance que je donne aux choses
- Mes paroles
- Mes jugements
- Les injustices
- Qui sont mes amis
- Ce qu'il se passe dans le monde
- Le jugement d'autrui
- Mes actes

3 Faites des ratures

De quoi pourriez-vous vous délester ? Suivez-les consignes ci-dessous...

1. Notez toutes vos obligations et préoccupations.
2. Soulignez celles sur lesquelles vous avez complètement la main, que vous contrôlez.
3. Entourez celles qui sont importantes pour vous ou en accord avec vos valeurs.
4. Enfin, gribouillez ce qui n'est ni souligné ni entouré : c'est votre marge de lâcher-prise !

4 Détournement de pensée

Pour faire taire notre petite voix intérieure, qui nous enferme dans un cercle vicieux de pensées négatives, stoppez-la dès qu'elle se fait entendre ! Suivez les étapes qui se cachent sous toutes les injonctions, puis réalisez l'exercice.

TU NE TRAVAILLES PAS ASSEZ.
TU ES VRAIMENT TROP SENSIBLE.
RECOMMENCE TANT QUE CE N'EST PAS PARFAIT.
TU VAS FAIRE DE LA PEINE AUX AUTRES.

1. Concentrez-vous sur un objet.
2. Passez cet objet en revue avec chacun de vos cinq sens.
3. Avec cet exercice, vous êtes revenu au moment présent, et avez stoppé votre « rumination mentale ».

Corrigés p. 63

UN MOMENT DE DÉTENTE

Étirements

1 On se réveille

Voici quelques étirements à réaliser le matin, pour mettre son corps en route. Et si vous démarriez dès les vacances ?

Pour commencer, placez-vous debout, bien droit, les jambes écartées de la largeur du bassin, stable sur vos pieds, épaules légèrement en arrière. Inspirez profondément en gonflant le ventre, expirez profondément en creusant le ventre.
Répétez cette respiration profonde trois fois de suite.

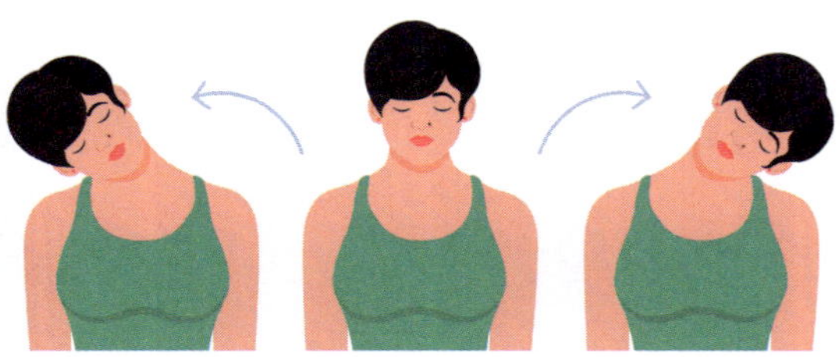

Le cou

- Faites aller votre tête d'avant en arrière.
- Tournez ensuite votre tête à droite, puis à gauche.
- Enfin, inclinez la tête comme pour coller votre oreille à votre épaule droite, puis à votre épaule gauche.

Les épaules

- Faites des cercles avec vos épaules, en arrière, puis en avant.
- Avec votre main droite, allez toucher l'arrière de votre épaule gauche, puis inversez.

Le bassin et les hanches

- Faites tourner un cerceau imaginaire autour de votre taille.
- Penchez-vous à droite, puis à gauche.

Les genoux

Les mains sur les genoux, tournez dans un sens, puis dans l'autre.

Les chevilles

- Debout, décollez le talon droit du sol et faites des ronds avec la cheville, dans un sens et dans l'autre. Faites la même chose avec le pied gauche.
- Ou bien, assis, placez le bas de votre jambe gauche sur votre genou droit et faites tourner votre cheville dans un sens, puis dans l'autre avant d'inverser.

2 Tournez le dos au mal de dos

En réalisant ces quelques exercices le soir avant de vous coucher, vous préviendrez efficacement le mal de dos. Attention cependant à ne pas les faire si vous avez déjà mal au dos.

- Placez-vous à plat dos, les bras le long du corps, jambes à la verticale contre un mur.
- Plaquez bien l'ensemble de votre dos au sol.
- Tirez votre cou vers le haut en respirant.

- Placez-vous à plat dos, les bras en croix, le dos plaqué au sol.
- Repliez ensuite les jambes, tournez-les d'un côté et regardez de l'autre.
- Gardez la pose quelques respirations.
- Changez de côté en respirant profondément.

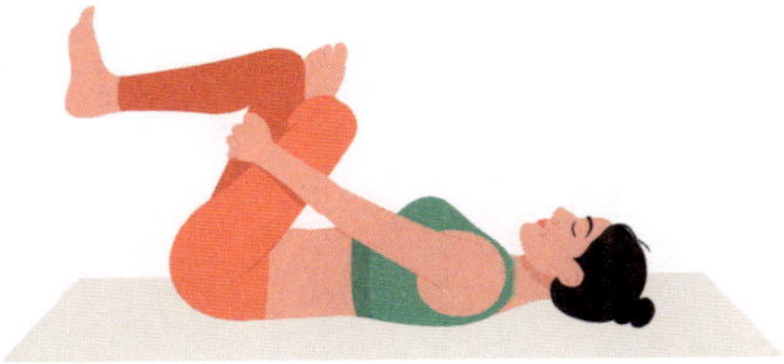

- À plat dos, pliez les deux jambes.
- Posez la cheville droite sur le genou gauche et attrapez l'arrière de la cuisse gauche. Gardez la pose en respirant.
- Changez de jambe.

- Allongé sur le dos, amenez les deux genoux un par un à la poitrine.
- Entourez vos genoux de vos bras.
- Le corps en boule, réalisez de légers roulis en respirant.

- À genoux, amenez votre postérieur sur vos talons et allongez le buste sur vos cuisses.
- Baissez la tête vers le sol, les bras tendus devant vous ou le long du corps.
- Détendez-vous et respirez.

Corrigés p. 63

CORRIGÉS

1 Connais-toi toi-même p. 4

Prendre quelques instants pour se demander ce que l'on aime, ce qui nous réjouit et ce dont on rêve permet de nous rendre compte de ce qui nous rend heureux dans notre vie telle qu'elle est actuellement… et pourquoi pas, de se lancer pour être (encore) plus épanoui ?

Dans cette page, toutes les réponses sont bonnes…

2 Dans tous les sens p. 6

1 Où est votre bon sens ?

Symbole	Score	Sens
⬢		**La vue**
▲		**L'odorat**
✻		**Le toucher**
★		**Le goût**
✚		**L'ouïe**

→ **Votre sens favori est la vue :** vous aimez observer avec attention et êtes particulièrement séduit par ce que vous trouvez beau.
→ **Votre sens favori est l'odorat :** vous êtes sensible aux odeurs, que vous associez aux moments de la journée, à vos souvenirs…
→ **Votre sens favori est le toucher :** tactile, vous aimez toucher les objets, les gens. Vous êtes sensible aux différentes textures.
→ **Votre sens favori est le goût :** vous aimez manger et êtes plutôt doué pour différencier les saveurs, les mélanger ou encore les associer.
→ **Votre sens favori est l'ouïe :** vous êtes attentif aux bruits qui vous entourent, peut-être musicien ou mélomane.

2 À sens unique

LA VUE
Observez un endroit ou un objet que vous connaissez bien. Concentrez-vous dessus, faites varier la lumière, changez d'angle et cherchez à repérer tous ses détails.

LE TOUCHER
Choisissez des objets de différentes textures, fermez les yeux et passez vos mains dessus pour ressentir les petites irrégularités. Et pourquoi ne pas tester un restaurant dans le noir ?

L'OUÏE
Installez-vous confortablement, fermez les yeux et écoutez. Essayez de percevoir tous les petits sons, de les différencier.

LE GOÛT ET L'ODORAT
À l'aide de complices, réalisez des blind tests pour déguster ou sentir à l'aveugle.

3 Sens… dessus dessous

I	T	A	S	O	M	D	R	O
R	Y	N	A	R	I	N	E	V
I	M	A	G	E	R	I	T	Y
S	P	U	P	I	L	L	E	U
W	A	X	C	L	A	V	P	B
N	N	E	Z	L	N	J	I	K
Y	T	R	E	E	G	A	D	L
I	P	P	S	M	U	L	E	M
G	E	J	O	D	E	U	R	K
F	A	S	N	Q	X	C	M	B
A	U	G	B	N	V	C	E	X

Les mots à retrouver sont :
iris • tympan • peau • son • oreille • langue • épiderme • narine • image • nez • odeur • œil • pupille

4 Sens de l'hospitalité

VUE	De jolis cadres photos	Une plante
GOÛT	Un bocal de fruits secs	
ODORAT	Une bougie parfumée	Un diffuseur de parfum
OUÏE	Une musique que vous appréciez	Des sons de la nature
TOUCHER	Un coussin moelleux	

Pour stimuler les cinq sens au quotidien, les déclinaisons possibles sont très vastes !

Chez moi, j'ai choisi d'ajouter :
- un plaid tout doux ;
- une guirlande lumineuse ;
- une corbeille de fruits frais ;
- des fleurs odorantes !

3 Inspirez, expirez !

1 De l'air !

Respiration complète
Inspirez en gonflant le ventre puis le thorax, laissez vos épaules se soulever légèrement jusqu'à ce que vos poumons soient complètement remplis. Marquez une pause, expirez en baissant vos épaules, en dégonflant votre thorax puis votre ventre.
→ **Cette respiration diminue le stress et permet le contrôle de ses émotions. Elle permet également de bien récupérer après un effort physique.**

Respiration abdominale
Inspirez en gonflant le ventre.
Expirez en creusant le ventre.
→ **La respiration abdominale, en apportant une grande quantité d'oxygène dans les poumons, diminue efficacement le stress.**

Respiration marchée
À votre rythme, inspirez pendant 3 pas ou plus, puis expirez pendant le même nombre de pas.
→ **La respiration marchée, en alliant exercice physique et respiration, favorise le calme et la concentration.**

Respiration avec les bras
Tenez-vous bien droit, épaules en arrière. Inspirez en levant lentement les bras à l'horizontale. Marquez une courte pause. Expirez en baissant les bras.
→ **Cette respiration ouvre la cage thoracique, favorisant la libération des émotions.**

Respiration alternée
Bouchez votre narine droite et inspirez par la narine gauche, puis bouchez votre narine gauche et expirez par la narine droite. Alternez.
→ **Cette respiration énergisante augmente la concentration.**

2 Concentré de respiration

3 Souffler un peu

1. S ' I N S T A L L E R C O N F O R T A B L E M E N T
2. I N S P I R E R P R O F O N D E M E N T E N G O N F L A N T L E V E N T R E
3. E X P I R E R E N D E G O N F L A N T L E V E N T R E
4. P R E N D R E C O N S C I E N C E D U P A R C O U R S D E L ' A I R

→ Pour pratiquer l'exercice, respectez ces quatre étapes.

4 Laissez-moi respirer !

6	1	7	2	3	5	8	9	4
4	3	9	7	1	8	2	5	6
8	2	5	9	6	4	3	7	1
9	8	4	6	2	3	5	1	7
2	6	3	1	5	7	9	4	8
7	5	1	4	8	9	6	3	2
5	4	6	3	7	2	1	8	9
1	7	8	5	9	6	4	2	3
3	9	2	8	4	1	7	6	5

Cohérence cardiaque
Inspirer par le nez pendant 5 secondes.
Expirer par la bouche pendant 5 secondes.
Faites cela 6 fois de suite et au moins 3 fois par jour.

→ Pour profiter pleinement de cette pratique, connue sous le nom de « cohérence cardiaque », pratiquez-la régulièrement. De nombreuses études ont prouvé des effets bénéfiques d'ordre physiologique comme psychologique.

4 Manger, c'est sacré p. 10

1 Info ou intox ?

Ces 6 affirmations sont fausses !

1. Le pain et les pâtes sont des féculents, donc indispensables. Attention en revanche aux rillettes sur les tartines et aux sauces dans les pâtes !
2. Les avocats sont gras, certes, mais il s'agit de « bon » gras.
3. Ni les ananas, ni les concombres, ni les fruits rouges ne brûlent la graisse. C'est dommage, mais aucun processus magique ne nous permet de détruire notre gras… en mangeant !
4. Le taux de fer des épinards n'est en réalité pas si élevé. Popeye nous aurait donc trompés ? La légende dit que la croyance de la forte teneur en fer des épinards proviendrait… d'une erreur de virgule.
5. Lorsqu'on enlève un composant (du gras et/ou du sucre) à un aliment ou à un plat, on le remplace souvent par autre chose… qui s'avère généralement mauvais. Et comme c'est allégé, on a tendance à en manger plus. Autant éviter l'allégé et préférer de petites quantités !
6. Tant pis pour l'écart, appréciez-le si vous en faites un. Vous ferez plus attention demain !

2 Rester en équilibre

3 Associations de malfaiteurs

Les réponses données ci-dessous sont indicatives, d'autres peuvent être parfaitement correctes si elles sont au bon étage de la pyramide !

1 cocktail + ~~chips & cacahuètes~~ — **légumes à croquer**

hamburger & frites + ~~soda~~ — **eau pétillante**

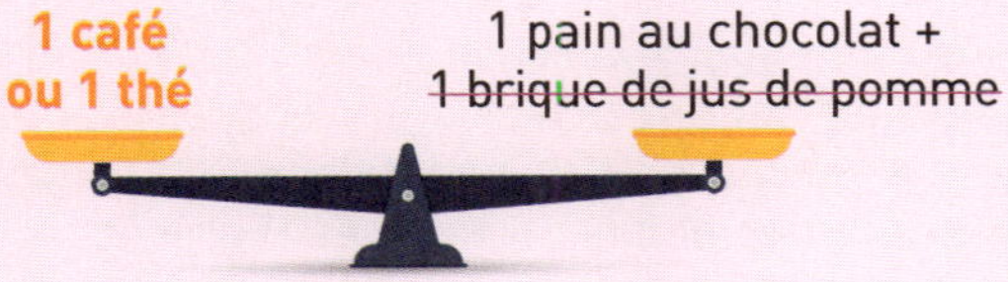

4 *Les goûts et les couleurs...*

	Aliments préférés				
	fromage	légumes	noix	pain	biscuits
Adrien	✗	✗	✔	✗	✗
Béatrice	✗	✔	✗	✗	✗
Cécile	✔	✗	✗	✗	✗
Damien	✗	✗	✗	✗	✔
Éloïse	✗	✗	✗	✔	✗

	Boissons préférées				
	soda	vin rouge	vin blanc	jus de fruits	thé
Adrien	✗	✗	✗	✔	✗
Béatrice	✗	✔	✗	✗	✗
Cécile	✔	✗	✗	✗	✗
Damien	✗	✗	✗	✗	✔
Éloïse	✗	✗	✔	✗	✗

	Adrien	Béatrice	Cécile	Damien	Éloïse
Aliment préféré	noix	légumes	fromage	biscuits	pain
Boisson préférée	jus de fruits	vin rouge	soda	thé	vin blanc

5 Dormir sur ses deux oreilles p. 12

1 *Rester en phase*

Sommeil lent léger	Le corps se détend...	... l'activité du cerveau ralentit peu à peu, la respiration se calme...	... le moindre bruit provoque un réveil.
Sommeil lent profond	Le corps ne bouge pas, le pouls, la respiration, la tension artérielle, le tonus musculaire ont diminué, l'organisme récupère...	... le cerveau recharge l'énergie, fait le tri des choses à mémoriser...	... la personne endormie est difficile à réveiller.
Sommeil paradoxal	Le corps est complètement relâché et ne bouge pas...	... c'est la phase des rêves, le cerveau est hyperactif...	... selon ses rêves, la personne endormie peut être difficile à réveiller.

2 *À poings fermés*

à faire	à éviter
3 Se caler sur la lumière du jour 4 Manger léger 5 Chauffer sa chambre entre 17 °C et 19 °C 7 Se coucher avant 22 heures 8 Lire un livre	1 Faire une partie de jeu vidéo 2 Regarder la télévision 6 Sauter le dîner 9 Checker les réseaux sociaux 10 Faire un repas copieux

3 *Vos paupières sont lourdes...*

Couchez-vous à plat sur le dos, les bras le long du corps. Fermez les yeux. Concentrez-vous sur votre respiration. Inspirez par le nez. Expirez par la bouche. Lentement.
Puis, concentrez-vous sur les différentes parties de votre corps, l'une après l'autre, comme le ferait un scanner.
Petit orteil droit, puis le suivant, un à un jusqu'au gros orteil droit. La plante du pied droit, le talon, la cheville, le mollet, le genou, le bas de la cuisse, le haut de la cuisse.
Puis le petit orteil gauche, etc.
Procédez ainsi pour toutes les parties de votre corps.

Concentrez-vous à nouveau sur votre respiration, appréciez la détente de votre corps, la sensation de son poids… à moins que vous ne soyez déjà endormi !

4 Le monde appartient à ceux qui se lèvent tôt

1. Avoir un vrai **moment calme** pour soi.
2. Pratiquer une **activité physique**.
3. Préparer un petit déjeuner **sain**.
4. Préparer et **organiser** sa journée.
5. Commencer avant les autres donne **force et confiance**.
6. Mettre en place des **routines**.

UN MOMENT DE DÉTENTE p. 14

Le test de motivation

Le compte est bon !

▲	★	✻	⬢

Vous avez une majorité de ▲
Vous êtes dans l'action
Vos atouts résident dans une capacité à entrer facilement en action, à prendre des décisions rapidement, à vous confronter à des défis et à surmonter des obstacles. Vous aimez que les choses aillent vite, qu'elles soient utiles et efficaces.
→ **Où devez-vous puiser votre énergie ?**
Fixez-vous des challenges et des défis avec des échéances courtes. Trouvez des activités que vous pouvez terminer par quelque chose de concret.

Vous avez une majorité de ★
Vous êtes enthousiaste
Vos atouts résident dans votre capacité à motiver les autres, à leur apporter de l'enthousiasme, de l'énergie positive et de la créativité pour faire changer les choses. Vous aimez les ambiances conviviales et créer du lien.
→ **Où devez-vous puiser votre énergie ?**
Recherchez de préférence des activités peu cadrées, dans lesquelles vous pourrez laisser parler votre créativité. Prévoyez dans votre emploi du temps des créneaux sans rendez-vous, sans objectifs, pour vous laisser la possibilité de faire ce qui se présentera à ce moment-là ! Côtoyer du monde vous sera également profitable.

Vous avez une majorité de ✻
Vous êtes empathique
Vos atouts résident dans votre capacité à être attentif aux autres, à vous montrer à leur écoute. Vous savez prendre le temps de donner du sens, de la cohésion et de l'harmonie. Vous aimez que les choses se fassent dans le respect des personnes et du bien commun, sans conflit.
→ **Où devez-vous puiser votre énergie ?**
Réservez-vous des moments calmes, des activités privilégiant le bien-être et le confort dans la mouvance du « hygge », seul ou en compagnie d'un petit cercle d'intimes.

Vous avez une majorité de ⬢
Vous êtes rationnel
Vos atouts résident dans votre capacité d'analyse et votre précision, ainsi que dans la logique et l'objectivité dont vous faites preuve dans vos décisions. Vous aimez que les choses se fassent dans le respect des règles et des normes, et appréciez les environnements cadrés et organisés.
→ **Où devez-vous puiser votre énergie ?**
Ménagez-vous des moments tranquilles qui vous laisseront le loisir de vous organiser en laissant peu de place à l'imprévu.

6 Séquence émotion p. 16

1 C'est la base

Les cinq émotions de base sont :
1. peur
2. colère
3. joie
4. tristesse
5. dégoût

2 Émotions en kit

	JOIE	TRISTESSE	DÉGOÛT	PEUR	COLÈRE
JOIE	EXTASE	–	–	–	–
TRISTESSE	MÉLANCOLIE	DÉSESPOIR	–	–	–
DÉGOÛT	OBSESSION	DÉPRESSION	MÉPRIS	–	–
PEUR	SURPRISE	ANXIÉTÉ	RÉVULSION	TERREUR	–
COLÈRE	FÉROCITÉ	TRAHISON	AVERSION	HAINE	RAGE

3 Un besoin pressant

- peur • → • besoin de sécurité, d'être rassuré
- joie • → • besoin d'être aimé, de partager
- tristesse • → • besoin de réconfort
- colère • → • besoin de respect, de défense
- dégoût • → • besoin de protection

4 C'est le moment !

1. J'identifie ce que je ressens dans mon corps.
2. J'identifie mon émotion en mettant des mots dessus.
3. J'identifie le besoin qui correspond à mon émotion.
4. Je cherche comment combler le besoin identifié.

Une fois ces étapes remises dans l'ordre, appliquez-les – même a posteriori – pour mieux vivre et mieux comprendre vos émotions !

5 To do or not to do

à faire : 1 3 5 7
à éviter : 2 4 6 8

7 Gagner en estime de soi p. 18

1 Quel talent !

Pour cette rubrique, c'est à vous de jouer !

Prendre conscience de ses réussites et de ses atouts permet de gagner en confiance. Et si vraiment vous coincez, demandez l'aide d'un proche pour la remplir...

2 Parce que je le vaux bien

Les compliments ne sont pas anodins. Si vous manquez de confiance en vous, ils peuvent vous aider à prendre conscience de vos qualités : écoutez-les !

3 Pas d'excuse !

~~Excusez mon retard.~~ → Merci de m'avoir attendu(e).
~~Excuse-moi de te déranger.~~ → Je te remercie de prendre du temps pour moi.
~~Oh pardon, j'ai encore trop parlé.~~ → Merci de cette écoute attentive.
~~Pardonne mon mauvais caractère.~~ → Je te remercie d'accepter mon caractère bien trempé !

4 Je m'encourage

J'ai fait de mon mieux et c'était bien.

Mes efforts ont payé.

Je peux y arriver !

Ça, c'est à moi que je le dois.

8 Adopter la positive attitude

p. 20

1 Se faire l'avocat... de l'ange

Par exemple :

Problème : Mon rendez-vous est en retard !
Avantage : J'ai 20 minutes devant moi, je vais pouvoir lire un peu, passer un coup de téléphone ou en profiter pour découvrir un peu le quartier...

À chacun ses problèmes et ses façons de les regarder positivement...

2 Se charger positivement

1. ~~J'ai raté mon gâteau.~~ → J'ai expérimenté une nouvelle façon de faire ; on va goûter.
2. ~~Le temps est mauvais.~~ → C'est une bonne occasion pour lire bien au chaud chez soi.
3. ~~Il n'y a presque plus de papier.~~ → Sortir faire une course me fera prendre l'air.
4. ~~Ce type est vraiment nul.~~ → Cela me fait apprécier mes relations avec d'autres personnes.

3 Je fais ce que je veux !

Faire ce que l'on aime permet de se concentrer sur le moment présent et d'augmenter le bien-être que l'on ressent au quotidien. Qu'il s'agisse d'une pause-café de quelques minutes avec un collègue ou d'une activité plus longue, tous ces moments cumulés permettent de se sentir heureux et positif !

4 Un petit rituel et au lit

Qu'est-ce qui s'est passé de bien aujourd'hui ?

Qu'est-ce que j'ai aimé ?

Qu'est-ce qui m'a apporté du plaisir ?

9 Sourire à la vie p. 22

1 Un sourire musclé !

= 2

= 4

= 8

= 1

Nous utilisons **17** muscles pour sourire.

2 Garder la banane

Si vous avez encore besoin d'aide pour sourire après avoir relu votre liste, replongez-vous dans des livres ou des films qui vous ont fait rire par le passé… Effet *feel good* garanti !

3 Sourire sous cape

1. Installez-vous confortablement.
2. Respirez lentement et profondément.
3. Fermez les yeux.
4. Concentrez-vous sur votre respiration.
5. Pensez à une situation qui vous donne le sourire.
6. Revoyez-vous dans la situation, pensez à ce que vous avez ressenti, aux visages des autres personnes.
7. Laissez votre corps ressentir ces sensations.
8. Inspirez profondément et rouvrez les yeux.

4 Sourire communicatif

En souriant, vous avez offert des shoots de bien-être aux personnes que vous avez croisées. Elles-mêmes ont peut-être à leur tour souri à d'autres, et leur ont donné le sourire… et ainsi de suite !

10 Diète numérique p. 24

1 Regardez vers la lumière… bleue

En moyenne, les Français passent près de trois heures par jour sur leur smartphone, un temps en constante hausse, notamment depuis la crise de la Covid-19.

2 Il est temps !

Vous pouvez par exemple décider de réduire un peu votre temps quotidien sur votre téléphone, et déterminer par quelle activité vous aimeriez le remplacer !

3 Détox digitale

En évitant d'être constamment sollicité par votre smartphone, vous gagnerez du temps, améliorerez votre concentration et votre attention au moment présent…

UN MOMENT DE DÉTENTE p. 26

À vos crayons !

1 Coloriage d'un mandala

Lors du coloriage d'un mandala, on peut choisir de colorier de l'extérieur vers le centre, si l'on recherche à se recentrer sur soi, ou de colorier du centre vers l'extérieur, si l'on recherche plutôt l'ouverture.

2 Création de zentangles

Les zentangles sont une création de deux Américains, Rick Roberts et Maria Thomas. Cette pratique accessible à tous, en favorisant la concentration et en laissant l'imprévu apparaître dans les créations, permet de se plonger dans une sorte de méditation artistique.

11 On vous fait marcher p. 28

1 Faire le premier pas

Par exemple, si je trouve :

A : Nombre de pas pour 1 mètre = $\frac{10}{5} = 2$

Et :

B : Nombre de pas à la minute = 80

Je remplis ainsi mon tableau :

MON TABLEAU D'ÉQUIVALENCE

Temps en minutes	Nombre de pas	Distance parcourue en mètres
M = 30	C = M x B 30 x 80 = 2 400	D = C/A 2 400/2 = 1 200

En marchant trente minutes, j'ai fait 2 400 pas, soit 1,2 km.

2 Pas à pas… ou pas !

1. Faux. On parle de marche modérée en dessous de 4 km/h, de marche rapide ou dynamique entre 4 et 6 km/h, et de marche sportive au-dessus de 6 km/h.
2. Vrai. On décompose la mécanique de la marche en deux phases : la phase d'appui et la phase d'oscillation.
3. Vrai.
4. Faux.
5. Vrai.

3 La meilleure façon de marcher…

4 Trouver chaussure à son pied

Pour marcher dans de bonnes conditions :

- ➜ vos souliers doivent être fermés ;
- ➜ vos souliers doivent être confortables et ajustés à vos pieds ;
- ➜ vos semelles doivent être souples et coussinées. Les semelles antidérapantes sont également plus sécuritaires.

12 Boire… oui, mais quoi ? p. 30

1 Petit verre… petit poids ?

1 pinte de bière	140	1 grand bol de rien
1 canette de coca	80	1 part de pizza (1/8)
1 verre de rosé (150 ml)	90	1 biscuit fourré au chocolat
1 verre d'eau gazeuse	120	2 boules de sorbet
1 coupe de champagne	320	2 madeleines
1 verre de whisky (50 ml)	135	7 morceaux de sucre
1 verre de jus d'orange	170	1 pain au chocolat
1 mojito	0	5 Apéricubes®

2 Faire des mélanges

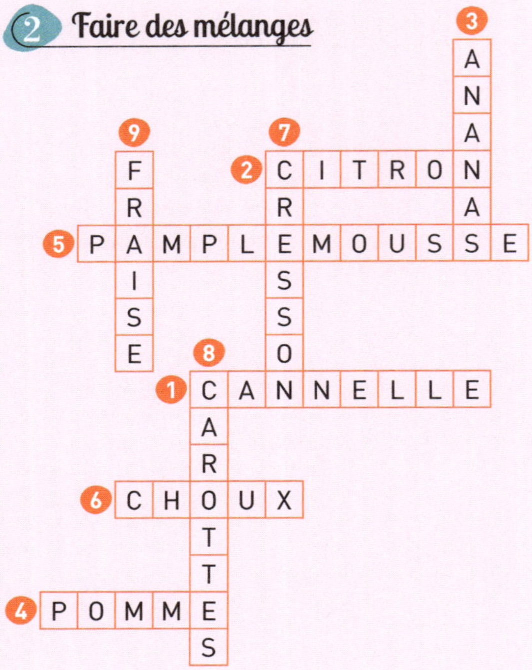

3 À l'eau ?

Les eaux aromatisées à retrouver sont :
- → quartiers de pêche + fraises
- → tranches de concombre + feuilles de menthe
- → feuilles de verveine + tranches d'orange
- → branches de thym + rondelles de citron
- → tranches de pamplemousse + framboises
- → tranches de pomme + bâtons de cannelle

4 T'es quel thé ?

Thé rouge ou rooibos
Thé fumé
Thé blanc
Thé vert
Thé oolong ou bleu-vert
Thé noir
Chaï

- Feuilles entièrement oxydées. Teneur en théine assez forte.
- Feuilles non oxydées. Plus de 1 500 variétés dans le monde. Brûleur de graisse.
- Feuilles semi-oxydées. Faible teneur en théine. Favorise l'élimination.
- Feuilles entièrement oxydées puis fumées. Goût particulier mais doux.
- Feuilles duveteuses faiblement oxydées et peu transformées. Faible teneur en théine. Rare et précieux. Le plus riche en antioxydants.
- Thé aux feuilles entièrement oxydées auquel on ajoute des épices et souvent du lait.
- Issu d'un arbuste sud-africain. Naturellement sans théine.

13 Éloge de la routine p. 32

1 À fond de train-train

Les trois critères à respecter pour adopter durablement une routine sont les suivants :

 une routine à la fois ;

 une bonne régularité ;

 un objectif précis.

2 Adopte une routine

→ Pour installer une nouvelle routine, **demandez-vous le but que vous recherchez** : être plus en forme ? plus organisé ? plus détendu ? bénéficier de moments en famille ? Identifier clairement votre but vous aidera dans votre motivation. Il peut également être utile de se fixer une date symbolique de début, comme la rentrée, la nouvelle année ou votre anniversaire.

→ **Ne soyez pas trop ambitieux au début,** si vous voulez par exemple vous remettre au sport, commencez par des séances courtes, que vous pourrez intensifier au fur et à mesure. Une routine trop contraignante peut être décourageante et donc plus difficile à mettre en place.

3 Faites des miracles

10 mi nutes de yoga
10 minu tes de méditation
20 minut es de jogging
15 minutes d'é tirements
Préparer un pe tit déjeuner sain
Lire un r oman
Tenir un jo urnal intime

4 Tri sélectif

Y a-t-il des habitudes que vous avez adoptées par la force des choses, mais qui ne vous conviennent pas ? Si oui, pourquoi ne pas définir une nouvelle manière de faire ?

14 Travailler sa paresse p. 34

1 Le quiz le plus lent

1. b. Le koala dort près de vingt-deux heures par jour.
2. c. Le paresseux se nourrit de feuilles, de fruits et de légumes, qu'il mange lentement et dans lesquels il puise l'eau dont il a besoin.
3. c.
4. a.-b.-c.-d. Les quatres propositions sont vraies ! Sous ses airs endormis, le paresseux est bien un animal exceptionnel.

2 J'ai rien fait !

Ici, pas de bonne ou de mauvaise réponse, laissez-vous porter par votre imagination.

3 Cure d'oisiveté

Les huit mots à retrouver sont les suivants : tisane • sieste • film • relax • série • calme • plaid • hamac

T	I	S	A	N	E	H
S	F	W	S	C	R	A
I	I	R	É	A	P	M
E	L	E	R	L	L	A
S	M	L	I	M	A	C
T	L	A	E	E	I	H
E	Q	X	P	T	D	R

4 Parole de paresseux !

Guillaume Apollinaire, *Hôtel*
4

Charles Baudelaire, *La Chambre double*
2

Madame de Sévigné, *Lettre à Mme de Grignan*
3

Jean de La Fontaine, *Épitaphe d'un paresseux*
5

Jules Renard, *Journal*
1

15 *The simple life* p. 36

1 Aller à l'essentiel

Prenez le temps de la réflexion pour réaliser votre liste, mais vous verrez que l'on tient généralement à moins d'objets qu'on ne le pense !

2 Trois fois rien

→ **Si vous cochez cinq ou six « non » :** sans vous poser plus de questions, donnez l'objet ou jetez-le.

→ **Si vous cochez cinq ou six « oui » :** rangez l'objet à sa place.

→ **Entre les deux :** placez l'objet dans un bac « transitoire », le temps de réfléchir, en vous fixant une date à laquelle vous devez trancher.

3 De vrais amis ?

→ Si vous n'avez coché aucune ou presque aucune case, la relation que vous avez avec cette personne ne vous convient pas !
Vous pouvez choisir de :

- réparer votre relation, en ayant un échange avec la personne sur ce que vous aimeriez voir changer et ce que vous êtes prêt à faire pour cela ;
- vous désengager, en prenant vos distances ou en choisissant le temps et l'énergie que vous souhaitez consacrer à cette relation.

4 En toute simplicité

- ☑ **Avant** chaque achat, j'évalue le ratio besoin/envie et je me demande ce dont je vais me séparer pour **accueillir** un **nouvel** objet.
- ☑ Si j'ai **acheté** quelque chose qui ne me convient pas, je ne le **conserve** pas.
- ☑ J'achète de préférence un objet de **qualité** que plusieurs de **moindre valeur**.
- ☑ Je ne **garde** pas plus de trois échantillons cosmétiques.
- ☑ Je **me débarrasse** des objets publicitaires.
- ☑ Je **vide** mon sac chaque **jour**.
- ☑ Je supprime **tout de suite** les spams ou les e-mails **traités**.
- ☑ Je **donne** une place à chaque chose.
- ☑ Je fixe un nombre **maximal** de jeux de draps et de serviettes.
- ☑ Je **donne** ou je recycle les **vieux** chargeurs et téléphones.
- ☑ Je me demande **régulièrement** : « Pourquoi **garder** cela ? »
- ☑ Je **remplace** mes produits ménagers en **optant pour** le trio vinaigre blanc-bicarbonate-savon noir.
- ☑ J'apprends à refuser **gentiment** mais **fermement**.

UN MOMENT DE DÉTENTE p. 38

Les cinq tibétains

Le rituel des cinq tibétains constitue une bonne routine matinale car cet enchaînement est assez complet. Pratiqué quotidiennement, il permet d'entretenir sa musculature et sa souplesse et de stimuler les systèmes endocrinien et immunitaire.

16 Devenir maître du temps p. 40

1 C'est bon, je gère...

Comptez vos points en fonction des réponses que vous avez cochées.

	OUI	NON
1	1 point	0 point
2	1 point	0 point
3	0 point	1 point
4	0 point	1 point
5	0 point	1 point
6	0 point	1 point

TOTAL : ...... point(s)

→ **Si votre score va de 0 à 4 :** inspirez-vous des idées de cette double page !

→ **Si votre score s'élève à 5 et plus :** tout va bien, vous pouvez changer de chapitre ou vous exercer pour ancrer vos bonnes pratiques.

2 Do it like Ike !

Semaine après semaine, appliquez les quatre étapes suivantes :

1. Listez toutes vos tâches à réaliser.
2. Classez les tâches par ordre d'importance pour vous en les numérotant.
3. Entourez les tâches de couleurs différentes selon leur urgence : en rouge, les tâches en retard, en orange, celles à effectuer dans la journée, en jaune, celles à réaliser pour le milieu de la semaine, et en vert, les moins urgentes.
4. Reportez vos tâches dans la matrice d'Eisenhower.

Cette matrice a été imaginée d'après une citation de Dwight D. Eisenhower : « Ce qui est important est rarement urgent et ce qui est urgent, rarement important. »

3 C'est la loi

LA LOI DE MURPHY Toute chose prend plus de temps qu'on ne l'avait prévu.	Je prévois toujours une marge. Je planifie chaque jour un créneau pour les imprévus.

LA LOI DE PARETO 80 % des résultats sont produits par 20 % du travail effectué.	J'identifie les tâches qui ont le plus de valeur.
LA LOI DE PARKINSON Plus on a de temps pour réaliser une tâche, plus celle-ci prend du temps.	Je détermine une durée pour chaque tâche que j'ai à réaliser.
LA LOI DE LABORIT Chaque individu a une inclinaison naturelle à effectuer en premier ce qui lui fait plaisir.	Je commence par ce que j'aime pour me donner de l'énergie ou je commence par ce que j'aime le moins pour m'en débarrasser.
LA LOI D'ILLICH Passé un certain temps sur une tâche, notre efficacité diminue et devient même négative.	Je m'impose des (vrais) moments de pause.
LA LOI DE CARLSON Le temps perdu à cause de l'interruption d'une tâche est plus long que l'interruption elle-même.	Je coupe mon téléphone, je ferme ma boîte mail, je m'isole pour ne pas être interrompu.

4 Croiser les informations

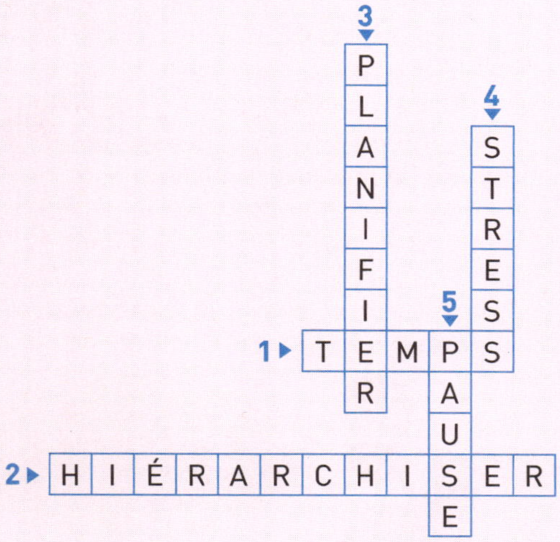

17 Une vie sans stress p. 42

1 Du trac au trac

S'OCCUPER D'AUTRE CHOSE

RANGER OU ARRANGER L'ESPACE

PARLER AVEC LES GENS AUTOUR DE SOI

S'IMAGINER APRES LE SUCCES

2 Protocole antistress

Se poser pour faire le point calmement sur ce que l'on doit faire permet souvent de faire retomber la pression et de mieux s'organiser.

3 Vous l'avez bien médité

2	7	8	5	3	7	9	4	9	0	6	8	0	3	8	4	6	0	4	2	3	6	7	8	3
3	0	2	1	5	2	1	1	7	4	1	4	7	2	5	6	1	1	3	8	9	1	1	9	5
4	5	1	1	7	1	5	6	1	8	1	6	3	8	7	1	7	3	1	0	1	5	0	1	7
8	1	3	1	9	8	3	7	1	9	1	4	1	6	3	1	0	5	8	4	8	1	1	1	9
0	2	9	1	3	5	9	1	6	3	1	1	1	1	9	1	1	1	6	7	9	7	3	1	4
6	4	4	1	0	4	1	0	4	5	0	6	1	3	0	1	4	7	1	2	1	8	6	1	0
8	8	0	1	8	1	1	1	1	9	4	5	1	0	7	6	1	1	9	8	5	1	1	3	5
2	4	5	9	2	4	6	7	9	2	5	2	4	5	6	8	9	2	7	9	4	3	8	2	6

- Les phrases à sélectionner parmi les différentes propositions sont donc les phrases 1, 2, 4, 6 et 9.
- Les cinq principes-clés sont les suivants :
– pratiquez un petit peu régulièrement ;
– commencez par méditer pendant une dizaine de minutes maximum ;
– choisissez un endroit calme ;
– installez-vous dans une position confortable pour vous ;
– avancez à votre rythme, sans vous mettre la pression.

4 Partir du bon pied

Avec un peu d'anticipation, cet exercice permet de commencer sa journée sereinement, et de se mettre dans les meilleures conditions pour le reste de la journée !

18 Mais non, mais non p. 44

1 Oups, I did it again

Prendre conscience des moments où l'on a dit « oui » à contrecœur doit permettre de remettre en question cette pratique.

2 En pilote automatique

Cet exercice permet d'identifier les *drivers* qui sont en cause quand vous n'arrivez pas à dire « non ». De façon générale, les *drivers* sont des messages développés lors de notre enfance en fonction des injonctions de notre entourage, et qui guident nos réactions à l'âge adulte.
Ils comportent des aspects positifs, mais peuvent aussi s'avérer très contraignants.

Fais plaisir : si cette injonction peut permettre de bien s'intégrer dans les groupes, elle a aussi pour conséquence de se laisser envahir par les demandes.

Sois fort : ce *driver* peut mener à être ambitieux et déterminé, mais aussi à avoir du mal à déléguer, à lâcher prise, ou encore à montrer ses émotions.

Sois parfait : ce *driver*, qui pousse à la rigueur et au perfectionnisme, peut aussi mener à la constante insatisfaction et à un degré d'exigence trop haut envers soi-même et les autres.

Fais vite : ce message contraignant pousse à être efficace et dynamique, mais en contrepartie, à avoir tendance à s'éparpiller et à manquer de réalisme dans son organisation.

Fais un effort : cette injonction mène à la persévérance, mais à une difficulté à finaliser une tâche.

3 Besoin de rien ? Envie de quoi ?

Entraînez-vous à identifier vos besoins : formulez de quoi vous avez besoin puis l'envie qui en découle.
Par exemple : « J'ai besoin de retrouver de l'énergie. J'ai envie de prendre un temps pour moi. »

4 Merci… mais non merci

- Merci de penser à moi, mais...
- J'aimerais beaucoup, mais ce n'est pas le bon moment pour moi.
- Je ne peux pas, mais je te conseille de voir auprès de...
- Je ne peux pas, mais je peux te proposer de...
- Je me suis déjà engagé auprès de quelqu'un d'autre.

... Et si vraiment vous avez du mal à dire non, voici trois phrases supplémentaires à adopter :
– « Je ne sais pas comment te dire non. »
– « J'ai peur que tu te vexes si je refuse. »
– « Laisse-moi y réfléchir, je reviens vers toi. »

5 La bonne posture

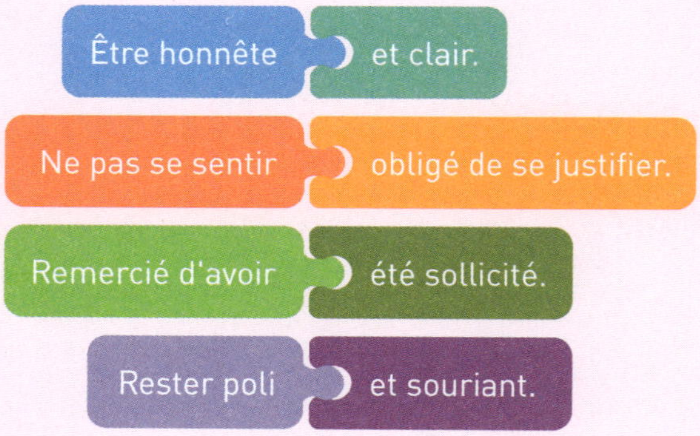

19 Le lâcher-prise, on y tient ! p. 46

1 Nous n'avons pas les mêmes valeurs

Pour se focaliser sur ce qui compte pour soi, il est important de le nommer. Lister les valeurs qui vous sont chères vous permettra d'arbitrer plus facilement entre ce qui est important pour vous ou non.

2 Contrôle technique

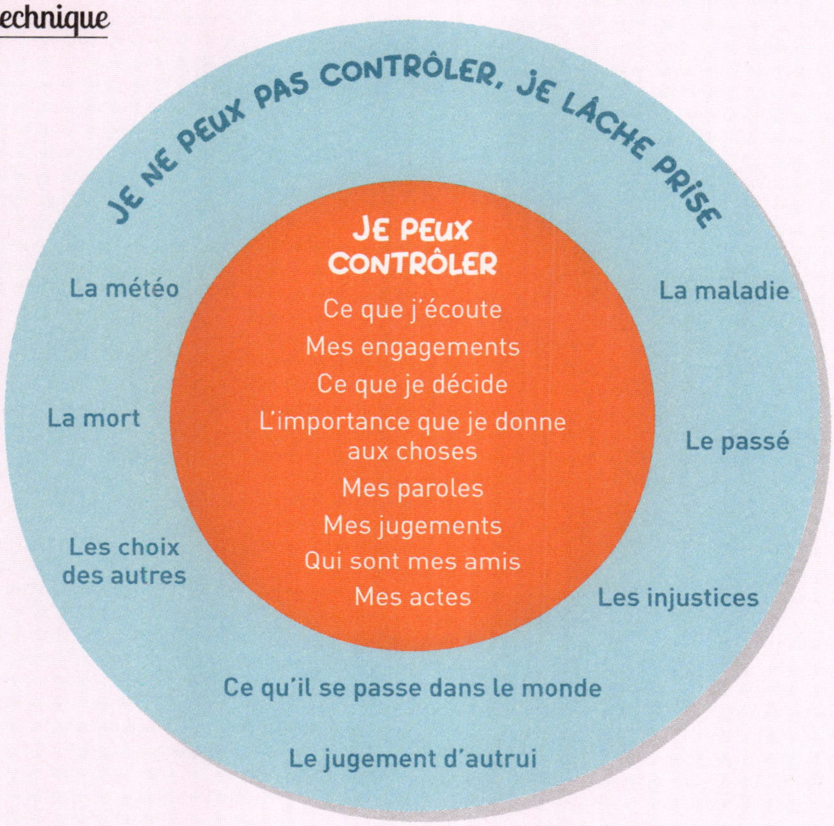

3 Faites des ratures

Il n'est pas souhaitable de « tout lâcher », mais se concentrer sur ce qui est essentiel pour nous permet de gagner en sérénité et d'alléger un peu notre charge mentale !

4 Détournement de pensée

1. Concentrez-vous sur un objet.
2. Passez cet objet en revue avec chacun de vos cinq sens.
3. Avec cet exercice, vous êtes revenu au moment présent, et avez stoppé votre « rumination mentale ».

UN MOMENT DE DÉTENTE p. 48

Étirements

Le mal de dos est un problème de santé parmi les plus répandus. Les étirements quotidiens permettent de limiter l'apparition de ces maux qui toucheraient près de 70 % des Français.